Nos lettres d'Asie

De Saint-John Perse à François Cheng

Sous la direction éditoriale d'Anna Alexis Michel

Nos lettres d'Asie

De Saint-John Perse à François Cheng

Sous la direction éditoriale d'Anna Alexis Michel

États-Unis d'Amérique

Couverture

Sandra Encaoua Berrih

Contributeurs

Anna Alexis Michel, Mona Azzam,
Mady Bertini, Frann Bokertoff, Magali Breton,
Nour Cadour, Laurent Desvoux-D'Yrek,
Pom Ehrentrant, Jean-Michel Guiart,
Martine L. Jacquot, Vanina Joulin-Batejat,
Florence Jouniaux, Catherine C. Laurent,
Gérard Laffargue, Sandrine Mehrez Kukurudz,
V.Maroah, Carole Naggar, Patricia Raccah, Ingrid
Recompsat, Isaline Remy, Marie-Amélie Rigal,
Jean K. Saintfort, Elisabeth Simon-Boïdo,
Adama Sissoko, Florence Tholozan.

J'ai comme un
Malaise en Malaisie
C'est commun
Comme si
La fièvre m'avait saisi
Tu m'as dit
Je vous aime allez-y
Étranger je suis
Mal à l'aise en Asie
Je t'aime et j'ai comme
Un malaise en Malaisie…

Alain Chamfort - Serge Gainsbourg
Malaise en Malaisie (Amour Année Zéro)

Avant-propos

Cette formidable aventure a déjà quatre ans et pourtant elle n'a que quatre ans.

Elle s'est imposée en mars 2020, lors de la célébration du cinquantenaire de la Francophonie à New York. Ce jour-là, cette assemblée passionnée de Francophones du monde m'a interpellée et émue. Quelques mois plus tard, alors que la Covid me privait de mon activité de productrice d'événements, elle m'ouvrait la voie à de nouvelles opportunités, me donnant le temps nécessaire pour lancer Rencontre des Auteurs Francophones et y consacrer mon temps et mon énergie.

L'idée – germée quelques mois plus tôt sur un coin de table floridienne avec Anna Alexis Michel – prenait vie. Cette plate-forme et son réseau unique devaient permettre aux auteurs du monde entier de langue française, aguerris ou inconnus, d'accéder à un programme quotidien de mise en avant de leur travail d'écriture et à un panel d'outils de communication innovants. Le réseau est vite devenu une famille stimulante qui ne cesse de grandir et de fonctionner en tribu.

Aujourd'hui plus de trois cent cinquante auteurs originaires de cinquante pays nous ont rejoints, sous l'aile bienveillante de grands auteurs sensibilisés aux missions du réseau. Il puise sa force dans celle de ses auteurs investis, qui tout au long de l'année se soutiennent, s'encouragent et font grandir cette initiative.

Émissions et interviews, blog, rendez-vous internationaux, dédicaces, Festival des Auteurs Francophones en Amérique, en Belgique, en Malaisie et en France, participation aux salons du Livre, librairie en ligne, ouverture d'antennes en Espagne, Belgique, France, Djibouti, Haïti, Asie, Liban, Algérie, Maroc, Canada et Océanie… Tel est le bilan de ces quatre années d'existence.

En juin 2023, le réseau a réalisé le rêve fou de créer une maison d'édition francophone sur le sol américain : elle s'est donné pour mission première de publier des ouvrages collaboratifs diffusés dans le monde, assurant ainsi la promotion des écrits de ses membres contributeurs auprès d'un lectorat international et de représentants institutionnels et culturels.

Le premier ouvrage a célébré l'anniversaire de la naissance de Marguerite Yourcenar, le deuxième les quatre-vingts ans du Petit Prince de Saint Exupéry, le troisième a rendu hommage à Albert Camus et le quatrième était consacré aux mères.

Le cinquième livre de la collection est celui que vous tenez entre les mains. Le premier festival des Auteurs francophones se tient le 24 mars 2024 à Kuala Lumpur en Malaisie, organisé par Pom Ehrentrant, directrice de Rencontre des Auteurs Francophones en Asie. À cette occasion, nous avons proposé aux auteurs membres de Rencontre des Auteurs Francophones de participer à ce nouveau projet littéraire.

L'Asie est présente dans la littérature de langue française depuis bien longtemps, des « Lettres d'Asie » de Saint-John Perse au Japon contemporain d'Amélie Nothomb. Mais on ignore parfois que de nombreux auteurs asiatiques écrivent en français et que nombre de grands noms de la littérature en français sont originaires de Chine, du Vietnam, de Corée et du Japon… Qu'on pense à Aki Shimazaki, Eun-Jan Kang, Akira Mizubayashi, Ook Chung, Ryöko Sekiguchi, Ying Chen, Shan Sa, Dai Sijie, Wèi Wéi, Ya Ding et bien sûr le célèbre François Cheng, Membre de l'Académie Française.

Nous avons donc invité nos auteurs à explorer, de Saint-John Perse, prix Nobel de littérature, à François Cheng, Académicien, ce mariage entre la littérature de langue française et l'Asie, en rendant hommage au continent asiatique et à ceux qui l'écrivent en français.

Ce voyage en Asie rassemble vingt-cinq textes rédigés par des auteurs passionnés, enthousiastes à l'idée de laisser courir les mots pour leur rendre hommage. Nouvelles, poèmes, réflexions, textes, illustrations… Ils vous livrent ce que l'Asie leur inspire.

© Sandrine Mehrez Kukurudz

Remerciements

Merci aux contributeurs, qu'ils soient poètes, auteurs, professeurs ou chercheurs qui ont permis la naissance de cet ouvrage collectif.

Merci à tous ceux qui soutiennent le réseau tout au long de l'année, qu'ils soient professionnels de la culture ou lecteurs investis. Merci à ses membres auteurs.

Merci à notre marraine Amanda Sthers, nos parrains Marc Levy et Yasmina Khadra (Algérie), et nos membres d'honneurs et soutiens : Jean-Baptiste Andrea, Grégoire Delacourt, André Comte-Sponville, Alexandre Jardin, Benoît Cohen, Monique Proulx, Éric Chacour, Marek Halter, Line Papin, Olivia Elkaïm…

Merci à Anna Alexis Michel qui a accepté de prendre la direction éditoriale de cette collection de livres *Hommage* et à Sandra Encaoua Berrih, directrice artistique de la collection, pour ses magnifiques aquarelles. Leur travail et leur amitié nous permettent de vous offrir cet ouvrage de qualité.

Merci aux ambassadeurs du réseau qui font un incroyable travail, notamment Mona Azzam en France, Pom Ehrentrant en Malaisie, Magali Vilain en Belgique, Claudia Rizet au Canada, Sadia Tabti en Algérie, Gilles Gaillard en région Paca, Isaline Remy en Bretagne.

Merci à nos soutiens de toujours et parmi eux Bélinda Ibrahim à Beyrouth, Bou Bounoider, Nathalie Buet, Willy Lefevre et Vincent Engel à Bruxelles,

Valérie Legouhy et Sophie Turco en France. J'en oublie bien sûr, tant ce réseau est une magnifique famille dans laquelle chacun apporte une aide essentielle.

Merci enfin à mon mari qui m'a encouragée à me battre pour donner aux auteurs la visibilité qu'ils méritent et qui me pousse à dépasser les limites pour faire grandir plus encore cette plate-forme.

Merci à Francis Dubois, cofondateur du Festival des Auteurs Francophones en Amérique au National Arts Club de New York, sans qui ce rendez-vous annuel dans cette institution prestigieuse et iconique n'aurait pas été possible.

J'aimerais aussi finir par une pensée émue pour Naourdine Boubayaa, vieil ami de vingt ans et soutien du réseau. C'est grâce à sa bienveillance que nous avons ouvert certaines antennes, développé nos relations avec des associations dont Action Création dont il était le Secrétaire Général, et mis sur pied certaines actions importantes. Son décès est une perte énorme pour tous ceux qui l'ont côtoyé et mesuré sa générosité.

L'année 2023 fut l'année de l'internationalisation du réseau, notamment par le biais de ses antennes dans le monde, dirigées par des ambassadeurs passionnés. L'année 2024 verra l'extension des grands rendez-vous américains en Europe et en Asie. Si rien n'est possible sans vous, tout est possible avec vous. Merci de votre lecture et de votre soutien.

© Sandrine Mehrez Kukurudz

Quelques mots

Ce livre collectif est né du projet de Pom Ehrentrant, Ambassadrice de RENCONTRE DES AUTEURS FRANCOPHONES, d'organiser, dans le cadre de la semaine mondiale de la Francophonie, un festival littéraire le 24 mars 2024, à Kuala Lumpur, en Malaisie.

Pari qui semble un peu fou, mais Pom n'est pas une novice, ni de l'Asie, ni des salons littéraires. Avant de s'installer à Kuala Lumpur, elle résidait à Hô Chi Minh Ville, au Vietnam, et elle y avait créé le tout premier Salon du Livre Francophone en mars 2022.

L'objectif du salon de Kuala Lumpur est d'inscrire la Malaisie dans la grande famille de la Francophonie : en soutenant d'abord les auteurs francophones ou francophiles de Malaisie et de sa voisine Singapour, mais aussi en accueillant des auteurs francophones venus du monde entier.

Si l'Asie du Sud-Est compte finalement peu de Francophones, les liens littéraires entre Francophonie et Asie ont survécu à la disparition de la période coloniale. Ils opèrent d'ailleurs à double sens : alors que l'Asie a longtemps inspiré les grands auteurs français, à leur tour, de grands auteurs francophones originaires d'Asie sont venus enrichir la littérature francophone.

C'est pourquoi, nous avons choisi, pour illustrer ce mouvement, d'intituler ce livre collectif *Nos lettres d'Asie, de Saint-John Perse à François Cheng*. De Saint-John

Perse, prix Nobel de littérature 1960 à François Cheng, Immortel entré à l'Académie française en 2002.

Bien sûr, de nombreux auteurs avant Saint-John Perse avait fait de l'Asie le cadre ou le prétexte de leurs écrits. Vous lirez d'ailleurs sans doute avec délectation le Tour du monde alphabétique et poétique auquel vous invite Laurent Desvoux-D'Yrek dans cet ouvrage.

Mais le choix de Saint-John Perse est symbolique : il incarne à merveille « l'exil ontologique ». Né Alexis Leger le 31 mai 1887 à Pointe-à-Pitre en Guadeloupe, il deviendra, parallèlement et sous des noms différents, poète et diplomate français.

C'est en 1916 qu'il fait ses premiers pas diplomatiques en Chine. À son retour en France en 1921, il deviendra Directeur des Affaires d'Asie et d'Océanie. Puis en 1927, Ministre plénipotentiaire et finalement Directeur des Affaires Politiques et Commerciales. Il croit en une sécurité collective du monde sous l'égide de la Société des Nations et rêve de réconcilier la France et l'Allemagne. Son métier de diplomate, Secrétaire général du ministère des Affaires étrangères avec rang d'Ambassadeur, l'aura donc vu naviguer des confins de la Chine à la Conférence de Munich (29 - 30 septembre 1938).

En 1960, le prix Nobel de littérature, lui est attribué « *pour l'ampleur, la nouveauté et la subtilité de son œuvre poétique, qui a jeté un pont entre le passé et le présent, entre les continents et les cultures, et exprimé l'universalité de l'expérience humaine* ». Sa poésie est complexe, voire hermétique, avec un style d'une grande musicalité, riche en symboles et métaphores, en images évocatrices, avec une profonde réflexion sur la condition humaine. On peut citer *Anabase* (1924), *Exil* (1942), *Vents* (1946) et *Amers* (1957).

Ses *Lettres d'Asie* sont intéressantes à double titre. D'abord, parce qu'elles sont celles d'un Français intéressé au monde, mais profondément et irréductiblement étranger à l'environnement dans lequel se trouve le diplomate balbutiant qu'il est, lui né Alexis Leger originaire de la Guadeloupe. Ensuite, parce qu'il semble aujourd'hui démontré que ces *Lettres d'Asie* participent davantage à l'œuvre littéraire de Saint-John Perse plus qu'elles ne sont un témoignage de la vie du diplomate. Elles auraient été rédigées ou amendées à postériori par l'auteur, que certains détails trahissent, car il n'aurait pu les connaître à l'époque sauf à être devin.

Dans ses lettres d'Asie, l'auteur Saint-John Perse réécrit donc la vie de son double, le diplomate Alexis Leger. L'auteur phagocyte en douce le diplomate, pour en transcender les écrits. Or, que faisons-nous d'autre, nous auteurs, que de réécrire le réel ? C'est donc très logiquement que le titre *Nos lettres d'Asie*, ouvrant la porte à la réhabilitation de la réinterprétation du réel par les auteurs, a été choisi pour le présent petit ouvrage.

À l'autre bout de la chaîne, il y a François Cheng. Je me souviens, enfant, de ses interventions dans l'émission littéraire de Bernard Pivot, et je me suis félicitée, comme je l'ai fait pour d'autres motifs pour une certaine Marguerite Yourcenar, de son entrée à l'Académie française. Tous deux sont des précurseurs : elle y fut la première femme, lui le premier Chinois.

Né à Nanchang en Chine, François Cheng a tous les talents puisqu'il est écrivain, poète, essayiste, mais aussi calligraphe passionné - il considère la Calligraphie chinoise comme une forme d'art et de méditation - et il fut également traducteur. Cheng a fait le choix de devenir un écrivain de langue française. Ses poèmes et essais sont autant de ponts entre les cultures chinoise et française et nous parlent de l'identité, de la spiritualité et du dialogue entre les cultures et les civilisations. *Le Dialogue*, sera d'ailleurs le titre de son discours de réception à l'Académie française en 2002. Il obtiendra des prix littéraires prestigieux, dont le Prix Femina en 1998 pour son roman *Le Dit de Tianyi*. On peut citer aussi : *Vide et plein : le langage pictural chinois* (1979), *Cinq méditations sur la beauté* (2006) ou encore *L'éternité n'est pas de trop* (2002), qui témoignent de sa profonde réflexion sur la vie, l'art et la poésie.

Son chemin ouvre la voie à une nouvelle génération d'auteurs francophones venus d'Asie qui écrivent l'Asie, mais aussi le Monde en français. Ils sont originaires de Chine, du Vietnam, de Corée et du Japon. Ils vivent en France, en Belgique, au Canada ou en Suisse… Qu'on pense, sans que la liste soit exhaustive, à Aki Shimazaki, Eun-Jan Kang, Akira Mizubayashi, Ook Chung, Ryöko Sekiguchi, Ying Chen, Shan Sa, Dai Sijie, Wèi Wéi et Ya Ding. Vous trouverez d'ailleurs dans ce petit livre une histoire rêvée du parcours de Ya Ding que nous conte, entre fantasme et réel, l'auteur Jean K. Saintfort.

Parfois, ces auteurs n'écrivent pas en français, mais sont traduits. Parfois, ils sont francophiles ou, qui plus est, parfaits francophones. On peut ainsi citer l'auteur malaisien Tash Aw, considéré comme l'un des écrivains les plus talentueux et influents de sa génération en Asie du Sud-Est, et qui est l'invité d'honneur du festival RENCONTRE DES AUTEURS FRANCOPHONES de Kuala Lumpur le 24 mars 2024.

Né à Taïwan le 4 janvier 1971, Tash Aw grandit en Malaisie avant d'étudier le droit à Cambridge et de se tourner vers l'écriture. Ses romans, qu'il écrit en anglais, explorent les thèmes de l'identité, de la mémoire et de l'histoire, en particulier en lien avec la Malaisie et l'Asie du Sud-Est. Qu'il soit permis de citer son premier roman, *The Harmony Silk Factory* (2005), lequel a remporté le Whitbread First Novel Award et a été présélectionné pour le Man Booker Prize. Il y raconte l'histoire d'un homme mystérieux, Johnny Lim, à travers les yeux de trois narrateurs différents, explorant les complexités de l'identité et de la vérité. Son deuxième roman, *Map of the Invisible World* (2009), se déroule en Indonésie dans les années 1960 et suit l'histoire de deux frères séparés pendant la période tumultueuse de la décolonisation et de la guerre froide en Asie du Sud-Est. Son troisième roman, *Five Star Billionaire* (2013), est une exploration de la vie urbaine à Shanghai, en Chine, à travers les histoires entrelacées de cinq personnages en quête de succès et de bonheur dans une ville en constante évolution. Mais il ne s'est pas arrêté en si bonne voie et a écrit de nombreux essais et articles sur la littérature et la culture asiatiques.

Si vous ne pouviez être des nôtres pour le Festival de Kuala Lumpur, ne paniquez pas puisque trois voies s'offrent à vous pour découvrir la Malaisie depuis chez vous : d'abord, lire Tash Aw, et les autres auteurs malaisiens dont l'œuvre est traduite en français ; ensuite, lire les livres recommandés par notre Ambassadrice Pom Ehrentrant et dont vous trouverez la liste en note de bas de page [1]; enfin, dévorer ce livre et, avant de le refermer, découvrir *Les carnets de voyage de Pom*. Elle vous entraîne en images à la découverte de sa Malaisie et de toute son Asie du Sud-Est.

Puissent *Nos lettres d'Asie* vous emmener, en proses, en vers, en haïku, en aquarelles, en dessins et en photographies vers le plus merveilleux des voyages.

Anna Alexis Michel

Directrice éditoriale

[1] *Malaisie* d'Henri Fauconnier, *Le Sacrilège Malais* de Pierre Boulle, *Journal de Voyage* de Jeanne Cuisinier, la bande dessinée *Kampung Boy* de Lat, *Trois Autres Malaisie* de Robert Raymer, et *Malaisie, Modernité et Traditions en Asie du Sud-Est* de Jérôme Bouchaud, un guide culturel de référence sur le pays.

Rêve d'Asie

Marie-Amélie Rigal

(France)

© Pom Ehrentrant – Papan, Malaisie

Sur les bancs du lycée, soudain, un zéphyr a
Chuchoté des mots, légers, qui m'ont emportée
Au loin, à Cipango, terre de porphyra.
Cette algue, de sa pourpre, à la saveur de thé

Embaume le palais, à l'entrée du maki
Et nous plonge en été, au fil d'une rivière
Kwai, maison sur pilotis, un autre maquis
Tristement renommé pour un célèbre viaire.

Caresse fugace, qui fait alors songer
À cet amant empressé, au creux de Saigon
Où des notes de Zélande s'en vont nager

Allongées sur des nattes de papier - gakas -
Échappées d'un piano, au bord d'un lagon
Sous la plume fine d'un adroit mangaka[2].

© Marie-Amélie Rigal[3]

[2] Artiste de Manga.
[3] Auteure française, rédactrice de chroniques littéraires.

Lettre à l'amant

Mona Azzam

(France)

© Pom Ehrentrant – Baie d'Ha-long, Vietnam

Cher Vous,

Soixante ans ont passé et me voici vous écrivant.

Je vous écris et je n'ai plus quinze ans. Votre adresse est inconnue de moi.
Peut-être me lirez-vous. Peut-être…
Peut-être que mon écrit vous parviendra jusqu'à Saigon. Ou ailleurs.
Peut-être que vous me lirez comme l'on embarque sur un paquebot sans destination précise.
Ou peut-être qu'enfoncé dans le moelleux d'une limousine vous en observez une autre, encore jeune, différente de cette jeune moi naguère enfouie sous un chapeau d'homme.

Soixante ans ont passé. Et je vous écris, à Vous, le premier Amant, comme l'on écrit à son dernier Amant.

Quelle différence au fond, entre un premier et un dernier Amant ? *Je n'ai jamais écrit, croyant le faire, je n'ai jamais aimé, croyant aimer, je n'ai jamais rien fait qu'attendre devant la porte fermée.*[4]

Pourtant, la porte s'est ouverte, un jour lointain, sous l'impulsion de *celui qui a fait la jouissance de l'après-midi.*[5] Vous. L'Amant devenu mon Amant.
Dans la moiteur de Saigon, il a suffi de peu, d'un *battement déplacé,* pour que je m'éveille à un univers

[4] Marguerite Duras, *L'Amant*
[5] *Ibid.*

sensuel. Insoupçonné de moi. Pour que je m'éveille femme. Tournant le dos à la jeune fille. Résolument.
J'avais quinze ans. J'avais trente ans. Ou plus peut-être. J'avais l'âge de la passion.
La passion n'a guère d'âge sensé. Elle est insensée. Elle sera toujours insensée. Comme cet écrit que vous lirez. Ou ne lirez pas. Et qui restera en suspens. Comme la passion.
La passion reste en suspens dans le monde, prête à traverser les gens qui veulent bien se laisser traverser par elle.[6]
J'avais quinze ans. Je me suis laissé *traverser par elle.* Et par Vous.

Cher Amant,

Soixante ans ont passé. Je ne vous ai plus jamais revu, depuis votre appel téléphonique, quelques années après mon départ de Saigon pour Paris. Votre appel, une déclaration d'amour.

Vous avez dit m'aimer toujours. Toujours, vous avez dit. Comme si l'amour rimait avec le toujours.

Toujours, vous avez dit. Et j'ai pensé, sur le moment, suspendue au souffle de votre voix aux intonations chinoises, *cet amour insensé que je lui porte reste pour moi un mystère.*[7]

Un *mystère*, c'est cela l'amour. Cela a toujours été un *mystère*. Cela sera toujours un *mystère.* À l'image de ma vie. À l'image de notre histoire d'amour. Une histoire de peaux. Moites.

---

[6] *Ibid.*
[7] Marguerite Duras, *L'Amant*

Cher Vous,

Soixante ans ont passé. La vie a laissé sur ma peau son empreinte faite de rides. Des rides sans histoire. Car, voyez-vous, *l'histoire de ma vie n'existe pas. Ça n'existe pas. Il n'y a jamais de centre. Plus de chemin, pas de ligne.* [8] Juste un écrit éparpillé çà et là, ondulant sur les mers, comme ça, à l'horizon. Peut-être qu'il n'accostera jamais du côté de vos rivages. Ou qu'il les atteindra. Peut-être que vous saurez…

Cher Vous,

Soixante ans ont passé.
Cette lettre, je ne vous l'enverrai pas.
L'histoire s'est écrite, déjà. À Saigon.
Ce sera toujours à Saigon qu'elle s'est écrite.
Je mets mon chapeau. Comme quand j'avais quinze ans.
À Saigon.
J'ai mal tout à coup. C'est à peine, c'est très léger.[9]

© Mona Azzam[10]

---

[8]Ibid.
[9]Ibid.
[10] De la Côte d'Ivoire, où elle est née, à Beyrouth, les mots sont pour Mona Azzam une patrie autre, en perpétuelle re-création. Mona est professeur de lettres et passionnée de littérature. Elle a déjà publié plusieurs ouvrages littéraires, dont « Camus, l'espoir du monde » (Ed. D'Avallon).

Je me souviens

Magali Breton

(France)

© Muriel Pic Photographe

Je me souviens de ce voyage
Le seul qui ait vraiment compté
Et vous écris sur cette page
Pour lui offrir l'éternité.

J'avais vingt ans, l'âme qui danse,
Et c'est vous qui m'avez choisi
Quand, au gré de ma dissidence,
J'ai découvert la Malaisie.

Je me souviens de ces couleurs
Aussi vives que ma jeunesse,
De la cohue, de la moiteur
Et de Mazu grande déesse.

Pourquoi vers vous suis-je venu
À la lueur du demi-jour
En voyant votre épaule nue
Dans ce bar de Kuala Lumpur ?

Je me souviens de vos dentelles
Embaumées de fleur d'hibiscus,
De votre beauté sans pareille
Comme les mots de Confucius.

Car c'est à moi que votre corps,
Digne de sultans émérites,
S'est révélé dans ce décor
En m'initiant aux plus doux rites.

Je me souviens de tout cela
Dans ce bar de Kuala Lumpur
D'où je vous écris le cœur las
Sur les traces de votre amour.

© Magali Breton[11]

[11] 1er prix Europoésie Unicef 2022. Grand Prix Académie Littéraire et Artistique École de la Loire 2023. Grand Prix poésie amoureuse - Société des Poètes et Artistes de France 2023.

Singapour, mon amour

Anna Alexis Michel
(États-Unis)

La soif comme la faim,
Les rires comme les pleurs,
La douceur, les blessures,
La furie, les regrets,
Nous n'en jetterons rien,
Nous les emporterons tous,
Indégradables viatiques,
Pour un très long voyage.
François Cheng[12]

[12] *La vraie gloire est ici (2015), éd. Gallimard, coll. « nrf poésie », 2017 (ISBN 978-2-07-270645-5), p. 105 -*

Cher Éric,

Je ne suis jamais retournée au Raffles. La crainte peut-être que les rénovations successives n'aient dépouillé ce vieux palais de mes souvenirs. Les garder pour qu'ils me blessent encore et pour longtemps, voilà ma damnation.

Je me souviens encore des odeurs, ce mélange d'humidité et d'épices, des sons, du bois précieux qui craquait sous mes pas, comme s'il allait rompre.

Nous arrivions de Bangkok et le contraste entre la capitale brouillon et grouillante que nous avions quittée, celle qui venait d'hériter du vilain viaduc le long duquel j'avais grandi, et cette ville de Singapour, brillante, polie et policée, me donna immédiatement et pour toujours la certitude de l'existence de mondes parallèles. Le Raffles, survivant d'une époque à laquelle Singapour tournait volontairement le dos, m'apparut comme un mirage. Un palais de conte de fées perdu dans une forêt de tours.

Ryü Murakami n'y faisait pas encore de repérage. Quant à Lelouch, il n'y tournerait « *Itinéraire d'un enfant gâté* » qu'un an plus tard. Pourtant, sans le savoir, nous étions là pour en préfigurer les rôles-titres : moi, Yvette en robe rouge et rang de perles, et toi, jeune Sam Lion, en baroudeur taiseux qui ne quitte ceux qu'ils aiment que pour mieux se les attacher.

Francis Lai n'avait pas encore composé le thème qui me laboure le cœur depuis plus de trente ans.

Pourtant, chaque fois que j'en entends l'ouverture, tonitruante et entêtante, ce sont ses notes qui me ramènent, en robe à fleurs et col de dentelle, énamourée, à mes vingt ans.

Je me souviens de la suite que nous occupions. Comme si j'en avais refermé la porte il y a tout juste un instant. Tout en enfilade. Elle se situait à mi-chemin de la longue coursive. On entrait par une porte centrale surmontée de petits carreaux dans un petit salon anglais aux fauteuils de velours et aux bois d'acajou qui sentait l'Angleterre, l'encaustique et le thé Earl Grey. Tout au fond de la suite, donnant sur la coursive arrière, trônait une grande salle de bains victorienne dont l'immense baignoire en fonte avait l'émail dépoli et rugueux, comme dans la maison de ma grand-mère.

Nos amis s'étaient moqués de nous - pourquoi diable réserver dans ce vieil hôtel démodé ? - alors qu' un peu plus loin, sur la grand-rue, on venait tout juste d'inaugurer le luxueux Mandarin Oriental dans lequel se tiendrait d'ailleurs la cérémonie.

Mais que savaient-ils de nous ? Ils ignoraient nos escapades dans le sud de l'Angleterre, notre coup de cœur pour Lyndhurst où nous avions tant aimé nous perdre sur la tombe d'Alice au pays des merveilles née Liddell, avant d'aller prendre le thé chez le chapelier fou sur High Street. Et nos week-ends amoureux dans les vieux manoirs anglais, à nous réchauffer les pieds devant la cheminée et le reste du corps sous les draps de coton égyptien. Ce goût immodéré d'un certain luxe pourvu qu'il soit classieux et sans artifice, de vieille noblesse réinventée, suranné peut-être. Le Raffles, tout opulent et décati, serait-il épitase ou apothéose ?

Je me souviens des odeurs, du *Writer's bar*, le bar de l'écrivain que j'aspirais à devenir. Je voulais adopter un pseudonyme masculin, tu m'y avais encouragée, quelle sottise quand j'y pense. Du goût du whisky dans ma gorge, de ta main que la mienne ne voulait pas quitter.

Nous étions remontés dans la suite, titubants, moi un peu grisée. J'aimais à l'époque cet état qui précède l'ébriété, celui où les choses sont encore certaines, juste un peu moins effrayantes. Peut-être que je l'aime toujours autant, il se fait que je m'y attarde moins souvent.

Dans la suite, entre le petit salon et la grande salle de bains, séparée par une porte encadrée de deux ouvertures, toutes pourvues de jalousies, il y avait une belle chambre à deux lits : un double et un simple.

Tu t'étais effondré sur le plus étroit des deux. J'avais protesté, surprise. Quoi, moi, seule, j'allais dormir dans le grand lit ? Cela ne nous était jamais arrivé… Cela ne m'était jamais arrivé de dormir sans toi avec toi. Marmonnant, tu m'avais donné quelques raisons qui n'en étaient pas, j'avais vaguement protesté, ne disais-tu pas à Londres que tu ne pouvais dormir sans moi ? Pourquoi Singapour serait-elle différente ? Mais mes protestations étaient tombées à plat. Je m'étais pris un grand coup de froid dans le cœur, un de ceux qui vous glacent tant et si bien que vos gestes en deviennent millimétrés et vos mots inaudibles.

J'étais passée, glacée, dans la salle de bains faire une toilette de chat. Puis je m'étais couchée seule dans le lit nuptial, tout au bout du bord, comme d'habitude, prête à tomber. Et le dos tourné, recroquevillée, inutile et misérable, en silence, je m'étais mise à pleurer.

J'aime la magie. Pas celle des trucs en toc des prestidigitateurs. Non, celle des ambiances de cristal et de vermeil, des lumières, des parfums, des soleils du couchant, des brumes du matin. Du bruit des oiseaux. Nous avions pris le petit-déjeuner dans la cour aux palmiers tandis qu'au-dessus de nous, dans des cages de bambou et de métal torsadé, des oiseaux prisonniers chantaient le matin et la joliesse de sa caresse. J'avais demandé un Earl Grey, je ne buvais que cela à l'époque. Le thé à la bergamote dont jusqu'à ce jour, le parfum me fait sourire pourvu que j'aille bien, un peu, beaucoup, à la folie.... sous peine que je ne m'effondre.

J'avais pris une photo de toi. Tu ressemblais à un jeune lord – *Oh my word*, comme j'étais folle de toi -, assis les jambes élégamment croisées, devant la table de porcelaine et d'argent, les yeux levés vers les oiseaux que nous ne voyons pas. Tu ne l'as pas cette photo. Tu ne l'as jamais eue. Tu ne l'auras jamais. D'ailleurs, je ne sais plus où elle est...

En remontant, nous avions croisé le regard de notre voisin de suite. Assis sur le seuil, mangeant comme un ogre se léchant les doigts, jambes écartées autour du plateau posé sur un porte-valise trop bas pour qu'il ne se tache bas, il était arc-bouté, concentré sur ce qu'il engloutissait, et bien sûr, il avait taché son talith. La bouche pleine, il n'avait pas répondu à notre bonjour et je m'étais sentie transparente.

Nous nous étions changés pour explorer la ville, polos à crocodile et pantalons, de coton blanc pour moi, de lin grège pour toi. Le petit quartier chinois, grouillant, semblait prêt à avaler ceux qui y entraient et les échoppes débordaient de nourritures étranges et suspectes. Je me souviens des Bakkwa, ces morceaux de porc bizarrement plats et carrés, et des mantous, ces petits pains caoutchouteux et luisants. Je t'avais supplié que nous ne les goûtions pas, du moins pas ceux des échoppes aux chaises en plastique, rouges ou jaunes, et aux affiches de plats décolorées. Nous avions un mariage le lendemain, nous ne pouvions nous permettre d'être malades.

Finalement, nous nous étions accordés sur le choix d'une aubette à la devanture bleu turquoise, au fronton orné de trois caractères chinois en lettres dorées, et où, sur des chaises métalliques autour de tables rondes, des hommes en costard cravate lapaient leurs bols bruyamment. Leurs tenues indiquaient qu'ils travaillaient dans les bureaux des tours voisines, tout à côté. Si leurs estomacs résistaient, les nôtres tiendraient bon.

– Je pourrais t'abandonner là et tu serais perdue, m'avais-tu dit, souriant.

J'avais sursauté. Oui, je n'avais sur moi ni sac ni passeport. Même pas d'argent. Qu'aurais-je eu besoin sinon de toi. Tu étais mon tout. Mon fiancé. L'homme de ma vie.

Je me souviens avoir essayé de rire, je le fais toujours chaque fois que je perds pied et le sens de la répartie. J'avais protesté, je trouverais bien le siège de ta compagnie, quelqu'un appellerait pour moi, quelqu'un, toi, tu me retrouverais. Quelle drôle d'idée. Tu avais dit « c'est vrai », comme à regret. Et je n'avais pas compris.

L'après-midi, au zoo dont, en trois heures, nous n'avions pu parcourir qu'une infime portion des vingt-huit hectares, nous avions admiré les animaux. Et la bannière pour le chocolat belge Côte d'Or que le plus grand des éléphants avait brandi à la fin du spectacle nous avait fait rire. Comme l'irruption comique d'un autre monde dans celui-ci. L'air, comme ma peau, comme la tienne qui me donnait des frissons, était moite, l'odeur de ta sueur âcre enivrante et, à chaque averse, courte et drue, nous courrions nous réfugier sous l'arbre de pluie le plus proche.

Le soir, nous avions mangé un canard laqué en tête-à-tête et bu des Singapore Slings avec tes amis, quelques collègues, qui riaient et trouvaient mon accent anglais amusant.

Puis, sagement, je m'étais endormie rêvant d'éléphants qui nous emporteraient tous les deux sur leur dos, mangeant du chocolat, vers nos étreintes passionnées aux quatre coins de l'univers. Mais il me sembla que cet univers-là appartenait à une autre galaxie, une galaxie très lointaine dont je ne serais plus le soleil.

C'était le grand jour. Je me souviens de tout : de la salle de bal du Mandarin Oriental aux lustres octogonaux de cristal et du plafond à caisson, des tables rondes aux nappes blanches et aux chaises en habit du dimanche. De mes manches ballon, de mon corsage brodé de fil d'argent. De ton smoking Biondi, de ton nœud papillon légèrement de travers.

C'était jour de mariage, mais ce n'était pas le nôtre. Il me semble qu'il me suffirait de tourner la tête, là, maintenant, d'où je suis assise, pour la revoir encore, intacte dans mes souvenirs, la mariée singapourienne, belle et fine, toute de soie rouge vêtue, ouvrant le bal, si menue, au bras de son Américain de mari. Il était ton collègue, ils étaient nos amis.

Sur la photo de nous avec eux, celle de nous quatre, nous ne sommes pas côte à côte, toi et moi. Mais séparés par un couple, le leur. Toi d'un côté, moi de l'autre. Tu ne l'as pas cette photo. Tu ne l'as jamais eue. Tu ne l'auras jamais. D'ailleurs, celle-là non plus, je ne sais plus où elle est…

Nous sommes retournés nous asseoir et les jeunes époux – la mariée tenant mes mains entre les siennes, le marié la main sur ton épaule – nous ont susurré quelques mots, nous remerciant d'être venus, nous félicitant pour nos fiançailles. Ils se réjouissaient d'assister à notre mariage. Serait-ce à Londres, à Paris, à Bruxelles ? Peu importe, bien sûr, ils viendraient. Je t'ai vu balbutier, répondre à demi-mots, ceux qui sont pires que les silences, n'être sûr de rien. Ni du lieu, ni de la date. Sans doute pas de toi. Peut-être plus de nous.

C'était une nuit de 24 décembre. Dans le monde, partout, c'était Noël, mais mon cœur ne le fêtait pas. Je me suis levée, j'ai marché jusqu'à la plus lointaine fenêtre comme si, au-delà de la salle, je voulais la traverser pour me jeter dans le vide.

Prostrée le front contre le verre, regardant la nuit sans la voir, réprimant une larme, je n'avais pas vu que tu m'avais rejointe. Ta main touchait ma taille sans la saisir. Ta famille te manque ? m'as-tu demandé. J'ai protesté, esquissé un sourire. Non, non.

Je ne crois pas te l'avoir dit. J'aurais pu faire une scène, j'aurais dû le crier. C'était toi qui me manquais, idiot. Ta peau, la communion de nos âmes. Nous. Tu m'as ramenée vers la table, me tenant par le poignet. Ta main était gluante et froide.

Ce soir-là, – je ne l'ai réalisé que plus tard –, j'ai su que tu ne m'aimais plus.

© Anna Alexis Michel[13]

[13] Anna Alexis Michel est une artiste aux multiples facettes, avec plus de dix ans d'expérience en tant qu'auteur, dramaturge et artiste visuelle. Elle est titulaire d'une maîtrise Arts, Lettres, Langues de l'Université des Antilles, d'une maîtrise en droit de l'UCL et de diplômes du Sotheby's Institute of Art et de la Raindance Film School. Elle est passionnée par la promotion de la littérature et de la culture françaises dans les Amériques et au-delà. Elle est directrice éditoriale de cette collection. Elle est également l'auteur de trois romans, de plusieurs pièces de théâtre et d'un guide d'écriture disponible en français et en anglais. Anna est une artiste créative et polyvalente qui s'efforce d'inspirer et d'éduquer à travers des projets originaux et transversaux.

Les larmes de ton âme

Isaline Remy

(France)

© Anna Alexis Michel - Nymphea

Dédié à Viengsone, reporteuse de guerre

Au pays des jarres de pierre polie
Le long des rives alanguies
Poussent des maisons sur pilotis

Dans la ville au parfum de santal
Les Déesses aux voix musicales
Chantent d'une transparence cristal

Les larmes de ton âme
Se sont versées à Vientiane
Et ton cœur est resté là-bas...

Au fond des jardins de magnolias
Le temple des dix mille Bouddhas
Donne force et courage aux bras

Le règne d'une paix des vieux âges
Jusqu'au marché des villages
Ignore le typhon qui ravage

Les larmes de ton âme
Se sont versées à Vientiane
Et ton cœur est resté là-bas...

Le soleil de sa lumière si pure
Sur un mandarin de pierre dure
Dévore les ombres grises des murs

Le regard figé du bonze serein
A l'intemporel lendemain
Médite aux Mânes du lointain

Les larmes de ton âme
Se sont versées à Vientiane
Et ton cœur est resté là-bas...

A travers les montagnes tourmentées
Le Mékong glacé du Tibet
S'offre aux jonques en latanier

Sur les terres inondées par les pluies
Près des pagodes endormies
Naît le tapis des champs de riz

Et ton cœur est resté là-bas.

© Isaline Remy[14]

[14] Ècrivain, journaliste. Ambassadrice pour la Bretagne de Rencontre des Auteurs Francophones (Nyc). Fondatrice de l'Académie des Lettres à Saint-Quay-Portrieux

Lettre à toi, mon enfant d'ailleurs

Sandrine Mehrez Kukurudz

(États-Unis)

© Sandra Encaoua Berrih – Calme

Comme il est difficile de coucher sur le papier ce qui va suivre. Et pourtant, à l'aube de tes dix-huit ans, je te le dois. Je n'ai trouvé ni les mots pour te parler ni l'assurance nécessaire pour affronter ton regard, alors c'est au travers de cette lettre que je me confie à toi. L'écrit est ma fuite et ma solution de repli. Pardonne-moi.

Il y a des matins plus compliqués que d'autres pour moi, ma chérie. Ceux qui se réveillent sur ce sentiment mêlé d'amertume, celui que je m'évertue à chasser de mes pensées tout au long de la journée. Une culpabilité qui se confronte sans cesse à mon amour inconditionnel pour toi. Une impression d'avoir fauté quelque part, au cœur de notre histoire commune. Et pourtant, il me suffit de poser longuement mon regard sur ton visage endormi, pour me dire que, si le prix à payer pour t'avoir à mes côtés est la persistance de ce sentiment qui revient me hanter à intervalles réguliers, ça vaut le coup de l'affronter et le combattre.

Tu n'es pas moi. Tu es tout moi. Je suis la maman qu'on pointe du doigt à la sortie de l'école parce que mon enfant ne me ressemble pas. Tu es mon enfant des confins de l'Asie, à la peau miel et aux yeux rieurs. Pourtant, il me suffit de te voir évoluer pour me voir. Ce que je t'ai insufflé dès tes premiers mois a fait de toi le sang de mon sang. Je conçois que c'est bien prétentieux et peut-être penseras-tu que tu vaux bien plus que ce que j'ai forgé en toi. Et tu auras certainement raison. Pourtant, je ne peux me défaire de l'impression d'avoir réussi à devenir une mère légitime, plus qu'une mère naturelle aurait pu l'être.

Tu n'es pas de moi. Je ne t'ai pas conçu dans mes entrailles, je ne t'ai pas porté à mon sein, je n'ai pas tressailli pendant neuf mois, avec la crainte de te perdre à tout instant. Pourtant, en grandissant sous mon aile, en te construisant avec mes repères, tu es devenue mon enfant « de corps ». Alors certes, à cette lecture, tu jugeras peut-être mes propos brutaux, exagérés comme mes réactions qui peuvent être étouffantes et parfois injustifiées. Mon amour est décuplé, certainement parce que j'estime devoir te le prouver plus qu'une autre.

Tu es née dans un pays qui m'était inconnu. Que dis-je ? Un continent que je n'avais jamais approché lors de mes voyages dans le monde. L'Asie me faisait peur, à mille lieues de ma culture et de mes repères. J'ai toujours choisi des destinations qui me rassuraient, me ressemblaient et évité l'inconnu. Alors l'Asie… Et pourtant, vois-tu, je n'ai pas hésité un seul instant, quand j'ai dû traverser le monde pour venir vers toi. Je ne me suis pas demandé une seule seconde si nos cultures, bien différentes, pourraient être un frein au bonheur de la maternité. Je ne me suis à aucun moment posé la question du rejet. Du mien, mais surtout du tien. Qui étais-je après tout pour m'immiscer dans la lignée millénaire de ton histoire ? J'entrais et brisais une chaîne. T'en avais-je demandé l'autorisation ?

Tu es née sans moi. J'ai tenté de combler ce manque. J'ai pleuré de joie le jour où je t'ai tenue dans mes bras. Tu étais si petite et si fragile. J'ai pleuré d'angoisse face à la mission qui était mienne, celle de t'élever, toi l'enfant d'une autre. J'ai pleuré ce jour-là, et pour la première fois, de la culpabilité d'arracher mon enfant à son monde et sa culture. Il m'a fallu du temps pour me persuader que je t'avais certainement sauvée d'une vie de misère. Toi, mon enfant d'ailleurs. C'est ce qui finit par me sauver quand les matins brumeux envahissent encore mon esprit. Et que je me mets à douter du bien-fondé de cette manie si occidentale de vouloir sauver le monde au détriment du monde. Mais ce jour-là – et je te dois cette vérité - en partant te chercher, je n'ai pas tenté d'atténuer les douleurs du monde, mais la mienne. A-t-on le droit de cicatriser ses blessures en engageant la vie et l'avenir d'un tiers… ?

Toutes les deux, on a grandi ensemble. Je t'ai enseigné l'amour de la France. Tu m'as donné l'envie de découvrir ton pays et ta culture. Pendant longtemps, tu ne t'es identifiée qu'à ton pays d'accueil, à tes parents de cœur, à ton environnement protégé et à ta culture d'adoption. J'ai honte de l'écrire, mais c'est finalement le regard des autres qui t'a fait changer le tien. J'aurais aimé que ne se portent sur toi que des yeux bienveillants et des gestes respectueux. J'aurais aimé ne pas être confrontée, moi aussi, aux conséquences d'actes que je n'avais pas mesurés en décidant de t'adopter, toi mon enfant d'ailleurs. Il aura suffi d'un « *Ta mère, c'est pas ta mère, d'abord. Toi, t'es pas française* » pour que nos existences vacillent. Oh non, elles ne se sont pas écroulées, mais notre vie commune a dû prendre en compte une réalité nouvelle : tu es mon enfant d'ailleurs. Tu vois, c'est drôle, mais je ne me suis pas imaginé me cogner à ce racisme si tôt, dès les bancs de l'école. Je suis une fille d'ici, loin d'imaginer ce que c'est que d'être une fille d'ailleurs, dont les traits t'exposent au rejet de l'autre. Oui, tu étais ce jour-là, pour tous, ma petite fille d'ailleurs. Et pourtant, tu étais plus que jamais cette chair qui était mienne. Tu étais si jeune. Trop pour subir le rejet, la discrimination et cette haine, résumée en quelques mots enfantins, jetée en pleine figure. Tu étais trop jeune pour te poser ces questions qui obligent à s'interroger sur nos sociétés, l'équité, l'égalité, l'estime de l'autre dans sa similarité ou sa différence. Tu étais si petite…

Ce jour-là, nos vies ont basculé, ma chérie. Tu ne m'as rien dit, mais ta tristesse infinie m'a bouleversée. Tu as perdu pied à l'âge auquel tu construisais tes premiers repères, devant faire face à un paradigme inconnu. Et moi, je me suis retrouvée à devoir assumer d'avoir arraché mon enfant d'ailleurs à son milieu. Je t'ai inculqué un peu de cette culture générationnelle qui t'avait manquée, et que j'ai découverte avec et pour toi. C'est certainement ce jour-là que cette foutue petite culpabilité est devenue ce sentiment récurrent et ce questionnement sans fin : avais-je le droit de *m'acheter* un enfant d'ailleurs. Mais, vois-tu, malgré ce sentiment coupable, je referais exactement le même parcours. Je t'aime certainement bien plus que si je t'avais enfantée.

Nous en avons parlé, bien sûr, à l'époque. Avec les mots que peut entendre une petite fille. Tu m'as posé mille questions dont je n'avais pas les réponses. Je ne savais pas te décrire ton pays avec les tripes et l'émotion de ceux qui y sont nés.

L'été suivant, nous avons décidé d'aller à la rencontre de ton histoire et de sa culture. Tu étais encore bien jeune pour poser et te poser toutes les questions. Mais il te fallait trouver les réponses en foulant cette terre, ressentir ce pays qui coulait dans tes veines et te construire peu à peu en faisant une force de cette double identité.

J'ai mal dormi. Des semaines durant. La crainte de voir s'échapper, d'une certaine manière, mon enfant du bout du monde. De perdre ce qui nous unifiait, de défaire cette pelote complexe qui se déroulait au même rythme depuis notre vie commune. J'ai mal dormi, de peur que tu deviennes plus complète que moi. Plus complexe aussi. Que ce que tu comprendrais de ce pays qui était celui de tes ancêtres te séparerait un peu de moi, qui y étais étrangère.

La beauté des paysages, l'accueil de sa population, la visite des terres et paysages multiples qu'offrait le Vietnam m'a bouleversée. Bien plus que je ne le pensais et bien plus encore que toi, ma petite fille d'ici, émerveillée par le voyage, mais bien trop jeune encore pour en mesurer ses enjeux.

Ce séjour a été éprouvant. Je me suis heurtée à mes frayeurs. Pour rien. J'ai craint le pire alors que n'était pas encore venu le moment des incertitudes. *« Ta fille voudra savoir. Peut-être même, retrouver ses parents biologiques »*. Combien de fois ne m'avait-on mise en garde. Ce temps n'était pas encore venu. Il ne viendra pas. Du moins pas à l'heure où j'écris ces quelques lignes.

Pendant ces deux semaines de périple, je t'ai raconté ton histoire avec ceux que nous avons croisés. Celle de ton peuple, au sujet duquel j'avais lu livre après livre depuis des mois. Mais pas celle de ta maman dont je ne savais rien. Je n'ai jamais voulu savoir ce qu'avait été la détresse de cette mère, qui avait comblé mes rêves de maternité. Je ne voulais pas penser que j'étais mère parce qu'une autre n'en avait pas eu les moyens, que j'étais heureuse parce qu'une autre vivrait cette absence dans sa chair jusqu'à son dernier souffle. Qu'il est difficile de t'écrire cela, parce que j'ai conscience d'ouvrir des questionnements qui ne t'ont peut-être jamais effleurée. Je ne le crois pas. Tu es bien trop intuitive. Bien trop sensible. Un jour, je devrai affronter cette réalité. Et tu décideras de te poser ces questions avec ou sans moi. Je le respecterai.

Chaque jour, je n'ai de cesse de te trouver magnifique, toi ma fille du bout du monde. Tu portes en toi la beauté des femmes vietnamiennes, la grâce de leurs gestes, la malice de leurs yeux, la douceur de leurs sourires. Tu portes aussi la souffrance d'un peuple. Je le sens parfois quand ton regard se perd vers l'infini.

Tu es si belle, mon enfant du bout du monde, avec ta peau de miel et tes cheveux de jais. Tu as la fierté d'une nation résiliente et la gentillesse d'un peuple élevé dans le respect d'autrui.

Tu portes ce que le Vietnam a infusé dans tes veines. Tu portes aussi les blessures de l'abandon et de la terre perdue.

Pardonne-moi. De t'avoir tant rêvé. De t'aimer plus que tout. De te chérir pour toujours. Mon enfant d'ailleurs.

© Sandrine Mehrez Kukurudz[15]

---

[15] Auteure franco-américaine et fondatrice de Rencontre des Auteurs Francophones.

Aux visages d'Asie

Élisabeth Simon-Boïdo

(France)

© Pom Ehrentrant – Visage, Philippines

Aux visages d'Asie
Je lève mon verre
Aux poètes
Qui vont de-ci de-là
Au gré du vent
Aux pensées éclairantes.

Aux visages d'Asie
Je lève mon verre
Aux écrivains
Qui vont de-ci de-là
Au gré des fleurs
Aux mille mots sages.

Aux visages d'Asie
Je lève mon verre.

© Élisabeth Simon-Boïdo[16]

[16] Ancienne élève de Julien BERTHEAU (ex sociétaire de la Comédie-Française), elle a créé une école de théâtre à Roquefort-Les-Pins dans les Alpes Maritimes (France), dédiée aux jeunes de quatre à dix-huit ans. Après avoir enseigné la comédie et monté des pièces pendant vingt ans avec ses élèves, elle se lance comme auteure pour la jeunesse qu'elle affectionne tant.

Le Pendentif de jade

(Nouvelle)

Florence Tholozan
(France)

© Florence Tholozan – Pastel sur papier

Près du lac de glace
Notre chant sous la lune pâle
Nous enlacera

Les lanternes chinoises projettent des ombres aux nuances carmin sur les pavés des vieux quartiers de Pékin.

Je flâne le long des ruelles d'un *hutong*[17], m'immergeant dans l'atmosphère envoûtante de ces lieux chargés d'histoire. Les façades grises des maisons aux avant-toits incurvés en courbes gracieuses racontent le vécu de nos vénérables ancêtres. Je songe que c'est ici que je ressens le mieux l'âme de la ville.

Il n'y a personne aux alentours, à part des moineaux qui virevoltent et pépient gaiement. Ils ont senti venir l'averse et commencent à s'affoler. Le vent qui s'est levé charrie avec lui l'air chaud et humide de la mousson. L'orage ne devrait pas tarder.

Au cœur de ce dédale de venelles irrégulières qui sillonnent la capitale, mon regard s'arrête sur une boutique dissimulée derrière des rideaux soyeux. Dans sa cage en bambou suspendue, un rossignol lisse ses plumes près de sa mangeoire en porcelaine. Je ne résiste pas à la tentation d'entrer, au moment même où une fine pluie de la saison des prunes se met à tomber tel un rideau aux reflets argentés.

Une subtile senteur d'encens m'accueille. À l'intérieur, les trésors du passé reprennent vie. Des

[17] Hutong : dédale de passages et ruelles anciennes à Pékin.

étagères regorgent de vaisselle bleu et blanc[18], de vases en métal cloisonné aux motifs de lotus et de carpes, mais aussi d'éventails peints à la main, de statuettes, de coffrets et autres objets d'art vieillis par le temps. Des étoffes raffinées ainsi que des robes *qipao*[19] en soie au col Mao et aux impressions florales sont négligemment posées sur un paravent. J'effleure en passant leurs boutons traditionnels et les délicates broderies de dragons majestueux. Un vase rempli de pivoines apporte une note joyeuse à l'ensemble.

Alors que je m'approche d'une vitrine, un pendentif en jade finement gravé de caractères chinois archaïques attire mon attention. Je ne vois que lui, au milieu des sceaux en pierre, des peignes de Changzhou et des bracelets en argent.

Le propriétaire des lieux, cheveux blancs, visage carré et pommettes hautes, me salue calmement en s'inclinant. Son sourire est bienveillant. Ses prunelles, véritables puits de sagesse, paraissent détenir les secrets d'une époque révolue.

– Vous êtes une voyageuse en quête de quelque chose de spécial, chuchote-t-il.

Ses yeux plongent dans les miens et m'investissent tout entière.

– Vous êtes passionnée par les antiquités, n'est-ce pas ? ajoute-t-il d'une voix posée.

---

[18] Porcelaine peinte en bleu de cobalt sur fond blanc, et sous une couverte transparente, fabriquée en Chine.
[19] Vêtement féminin chinois d'origine mandchoue.

Je lui réponds d'un hochement de tête, subjuguée par le trouble que le bijou suscite en moi. Sans un mot, tout en effectuant une révérence respectueuse, il le retire avec précaution de son écrin et me le tend. Lorsque ma main se referme sur le jade, une énergie mystérieuse traverse mon corps, éveillant des réminiscences cachées au plus profond de mon être.

Des images floues et des souvenirs perdus jaillissent de ma mémoire, telles des ombres se mouvant dans un clair-obscur.

Subitement, tout se précise et je me retrouve marchant dans une rue jonchée de pierres inégales et clairsemées. Des lanternes rouges se balancent délicatement au gré de la brise nocturne. J'ai le souffle court et je regarde autour de moi comme pour chercher quelqu'un. Des murmures dans une langue familière me parviennent, mais les mots se dérobent à ma compréhension. Le quartier s'anime des va-et-vient d'une population chinoise paraissant très ancienne. Des femmes vêtues de robes chatoyantes se promènent avec grâce, tenant des paniers débordant de lotus. Des éclats de rires d'enfants retentissent, mêlés à de douces mélodies jouées avec des instruments d'antan. Tandis que le soleil disparaît derrière les toits en tuiles vernissées aux ornementations fantastiques, mes pas me dirigent vers un *siheyuan*[20].

Étrangement, sans aucune hésitation, je franchis l'entrée principale de la maison de maître ainsi que la

[20] Nom donné aux maisons traditionnelles chinoises à cour intérieure.

deuxième porte aux plantes retombantes, et je pénètre dans une cour carrée au centre de laquelle se dresse un sophora imposant. Des lampions en papier créent un décor féerique. Près du puits se tient un inconnu. Il est vêtu d'un costume traditionnel élégant, composé d'une longue tunique en soie bleu cyan boutonnée sur le devant et surmontée d'un col haut, ainsi que d'un pantalon assorti. Ses yeux sombres croisent les miens et une connexion invisible se produit. Mus par un élan irrépressible, nous nous rapprochons. Nos cœurs battent à l'unisson de nos pas. Il me tend une main que je saisis dans un geste incontrôlé.

– Tu es venue, murmure-t-il avec une tendresse infinie. Sache que nous nous sommes rencontrés dans une autre vie, affirme-t-il d'une voix semblable à une mélopée.

Puis il m'emmène à deux pas de là, dans un secteur curieusement familier. Les échos de la vieille Chine résonnent dans nos échanges silencieux et complices. Chaque coin de rue est un rappel de nos moments partagés. Au détour d'une allée, à proximité d'une pagode en brique, nous découvrons un jardin couvert de gelée blanche. Des pruniers sauvages en fleurs bordent un étang calme reflétant le clair de lune. L'eau immobile est si limpide qu'elle laisse transparaître le fond.

Cet homme que j'ai l'impression de connaître depuis des lustres m'entraîne alors dans une danse éthérée, et chaque mouvement est une réponse à une mémoire lointaine, comme si nos âmes avaient déjà été liées. Je m'enivre de la troublante odeur de musc qui émane de lui, jusqu'à ce qu'un voile vaporeux nous enveloppe, brouillant les contours de la réalité.

Il me fixe intensément.

– Souviens-toi, nous nous sommes unis à jamais. Notre amour transcende les époques, me dit-il avec un sourire pénétré d'une sollicitude bouleversante.

– Nos chemins vont se séparer à nouveau, mais notre destinée restera gravée dans le marbre du *hutong* éternel.

La brume s'épaissit et la vision se dissipe aussi brusquement qu'elle est apparue. Je reprends mes esprits dans la boutique aux mille trésors, en proie à un sentiment intense de solitude, la pierre étincelant entre mes doigts. Le commerçant affiche un air complice. Il sait que le jade m'a conduite dans le labyrinthe du temps et que j'y ai trouvé ce que je cherchais inconsciemment.

Mon cœur bat la chamade. Je réalise que cette incursion dans le passé n'était pas qu'une simple illusion. Une force indéfinissable a réveillé en moi des émotions oubliées.

Le vendeur me tend une tasse de thé sombre et me regarde en fin connaisseur de l'expérience que je viens de vivre. Son visage est paisible. Sans prononcer un mot, il me propose un tabouret que j'accepte volontiers par crainte que mes jambes tremblantes ne me trahissent.

Lorsque je porte la boisson brûlante à mes lèvres, le vieillard rompt le silence, sa voix grave accaparant tout le volume de la pièce :

– Le jade n'est pas seulement apprécié pour ses vertus médicinales, voyez-vous. Il symbolise également le courage, la beauté, la pureté et l'immortalité. Il a le pouvoir de faire surgir des souvenirs enfouis dans les profondeurs de l'âme et joue le rôle d'une clef ouvrant les arcanes du temps. À condition, naturellement, d'être un sujet réceptif et sensible à ses ondes fragiles.

Une semaine s'est écoulée depuis cette étrange rencontre qui ne cesse de me hanter et à laquelle je repense avec un intérêt passionné. Les jours suivants se sont transformés en une véritable quête. Animée par une curiosité doublée d'un feu intérieur inexplicable, je me suis plongée dans l'étude de la culture chinoise en consultant de nombreux ouvrages d'histoire, mais tout ce que j'ai trouvé ne concerne que des légendes. Aucune trace tangible de cet être bien-aimé dont j'ignore tout, jusqu'à son nom. Impossible de l'écarter de mes pensées.

Les heures se succèdent au rythme tranquille du *hutong*. Je m'immerge dans l'art de la calligraphie, laissant le pinceau épouser le papier comme si mes mains étaient guidées. Je reproduis inlassablement les caractères gravés sur mon collier, tant et si bien que je finis par les retenir par cœur.

Plus tard, au cours d'une balade, les arômes alléchants des étals d'un marché me révèlent la richesse des saveurs de la cuisine pékinoise. Alors que les lumières jaillissent dans le crépuscule, je participe à un cérémonial dans une charmante maison de thé. Les feuilles s'ouvrent avec délicatesse lorsque l'eau chaude les accueille et libèrent un parfum enivrant pendant qu'un patriarche conte des mythes d'autrefois. Je lui fais part de mes recherches et le lendemain, sur ses conseils, j'entre dans un temple où les moines pratiquent des rituels ancestraux. Ils m'invitent à une méditation où le jade me submerge, réveillant petit à petit les consciences successives de mon vécu.

Dans ces instants de total relâchement, des images du passé émergent telles les pages d'un livre dévoilant une intrigue oubliée. Cette pierre devient ainsi mon sésame, le repère au-delà duquel la vie et ses contraintes ne sont plus que poésie et spiritualité.

Je ressens une immense gratitude envers l'esprit du *hutong* qui a mis en lumière les strates de son histoire.

Quelque temps après, tandis que j'arpente Pékin au hasard, mes pas me mènent face à une porte vermillon ouvragée gardée par deux statues de lions. La chaleur est arrivée d'un coup, cette année. L'atmosphère gorgée d'humidité est particulièrement étouffante.

Un promeneur, se courbant sur une stèle antique, suit du bout du doigt les inscriptions creusées dans le granit. En m'entendant arriver, il se redresse puis se tourne, laissant apparaître l'ensemble de la gravure.

Là, les yeux ébahis, je reconnais les mêmes idéogrammes que ceux figurant sur le bijou de jade. Mon sang ne fait qu'un tour. Je retiens un cri de surprise. L'homme se racle la gorge avant de s'adresser à moi, tout en s'épongeant le front avec un mouchoir sorti de sa poche :

– Il fait chaud, n'est-ce pas ?

Puis désignant les écritures, il ajoute :

– Ce sont des signes très anciens datant probablement de la dynastie Yuan. Ils sont remarquablement bien conservés !

Instinctivement, je pose la main sur mon pendentif. Aucun son ne sort de ma bouche.

– Je ne me suis pas présenté, pardon, je m'appelle Shan Longli. Désolé de vous avoir effrayée.

– Vous ne m'avez pas fait peur, monsieur Shan, dis-je en retrouvant l'usage de la parole. Mon nom est Feng Zhumey. Mais regardez, c'est incroyable, cette calligraphie est la même que celle du collier que je porte…

– Vous permettez ?

Longli s'approche de moi et saisit le jade. Son regard se voile. Je vois bien que la pierre l'a entraîné, lui aussi, dans les méandres du temps. Je sais que son esprit n'est plus ici et maintenant, mais avec moi, là-bas, sous le clair de lune d'un jardin recouvert de givre.

Lorsqu'il revient à lui, ses yeux plongent longuement dans les miens, ne laissant planer aucun doute sur ce qu'il vient de vivre pendant quelques secondes. Bien que tout cela soit réel, je me sens gagnée par un sentiment de liberté infini, comme dans un rêve.

Depuis ce jour-là, j'ai compris que le présent et le passé sont reliés par une force infiniment puissante.

Dorénavant, j'aborde le vertige de la fuite apparente du temps de façon sereine. Chaque façade, chaque ruelle, chaque recoin, prendront valeur de relique vivante en moi, reflets d'une période seulement décalée.

Je porterai toujours la pierre de jade près de mon cœur, témoignage de la réverbération des échos de l'Amour qui se joue des époques.

Pékin et ses artères mystiques m'ont révélé leurs secrets. Le pendentif de jade, compagnon de mon cheminement initiatique, demeurera le symbole des liens tissés au fil des âges, dans une ronde éternellement recommencée.

© Florence Tholozan[21]

[21] Auteur du roman LA CHINOISE DU TABLEAU M+Editions/Auteur du roman L'ECHO DE NOS JOURS M+Editions ; Traduction de LA CHINOISE DU TABLEAU en anglais aux Editions Harvard Square USA sous le titre THE CHINESE WOMAN FROM THE PAINTING ; Traduction en 2023 de LA CHINOISE DU TABLEAU en allemand aux Editions Drachenhaus Verlag sous le titre DAS BILDNIS DER CHINESIN.

Histoire d'un homme sincère qui devint passeur de monde

La légende de Ya Ding

Jean K. Saintfort
(France)

© Pom Ehrentrant

Pour faire un grand homme sur la terre,
le ciel d'abord lui remplit le cœur d'amertume,
lui endurcit le corps par la fatigue,
et lui affermit la volonté au long des épreuves...
Ya Ding, *Le Sorgho Rouge*

C'était un homme qui avait un rêve. Le rêve d'une grande maison, un château peut-être, dans laquelle il y aurait des enfants, beaucoup d'enfants. Ils viendraient de toutes les nations, de toutes les contrées. Cette maison serait celle de leur accomplissement, où ils montreraient leurs talents, où ils apprendraient à devenir grands et citoyens du monde.

Il était né dans une petite ville, loin, très loin d'ici, dans un pays nommé la Chine, sur un autre continent. Sa vie ne fut pas simple. Un jour, les autorités décidèrent que les gens des villes ne servaient à rien, n'étaient pas productifs, ne valaient pas le pain dont ils se nourrissaient. Alors les citadins, dont ses parents, furent envoyés à la campagne, et lui, petit garçon, les suivit.

Dans les champs, sa vie était assez misérable et il réfléchit beaucoup. Il se dit que c'était dur de devoir quitter sa maison, comme ça, du jour au lendemain. Alors, il se promit que, plus tard, il protégerait les enfants. Il s'assurerait qu'ils aient un lieu pour eux où ils seraient en sécurité, où il n'y aurait pas de violence.

L'homme se rendit ensuite pour quelques années à l'école secondaire. Pas longtemps. Car il fut à nouveau expédié dans un village à la campagne. Pendant trois ans. Il fallait le purger de ses habitudes bourgeoises familiales. Heureusement, la voix de la terre lui parla. Il comprit qu'elle était l'âme de son peuple. Il comprit combien la voix de ses pères comptait pour survivre, combien les rites façonnaient l'existence, combien il était essentiel d'assurer le quotidien. Alors, il se dit que, dans la maison qu'il construirait plus tard, il n'y aurait ni misère, ni famine, et tous les enfants auraient à manger.

Un jour, il fut appelé par le secrétaire du parti politique de son village. Il eut très peur. On lui annonça qu'il avait été bien rééduqué. Pour le récompenser, il était envoyé à l'université pour apprendre une langue étrangère, celle d'un pays qu'il ne connaissait pas, dont il n'avait jamais entendu parler.

Il l'ignorait à l'époque. Mais il aurait pu tout aussi bien être envoyé pour s'initier au pilotage d'un avion ou d'une fusée. C'est comme ça. On ne choisit pas toujours son destin. Ce qu'il ne savait pas non plus, c'est que cette langue, elle aussi, lui permettrait de voler.

À vingt ans, il commença à étudier le français. Il se passionna pour la littérature. Il fonda des revues, organisa des discussions. Il commença à traduire Baudelaire, Camus, Sartre… Très vite, il fut le meilleur. Il faut dire qu'il avait le temps. Dans son pays, à dix-huit heures, tout était fermé. Alors, il travaillait, beaucoup, tout le temps.

Avec cette langue, il explorait les mots, leur sens, leur profondeur. Il comprit qu'au fond de son âme, il était un chercheur. Il se dit que, plus tard, dans sa grande maison, il permettrait aux enfants d'être des explorateurs, d'expérimenter et de découvrir le monde.

Il excella tant dans la traduction qu'il fut lauréat du concours international de traducteurs, reçut un prix, une bourse. Il put ainsi découvrir la France, pays dont il rêvait. Mais, une fois sur place, il fallait bien gagner sa vie. Seuls les inconscients et les nantis croient que les poètes vivent du vent et du temps qui passe. Alors il décida d'écrire son histoire. Dans son pays d'origine, il n'en aurait ni la liberté politique ni la liberté littéraire. Et puis, cela lui permettait d'approfondir la langue.

Le succès fut là. Finaliste du Prix Goncourt et lauréat du Prix Cazes, il se fit un nom. Il était invité partout. Pourtant, le soir, la nuit, quand il était seul, il se sentait triste. Sa liberté était totale, mais il se demandait ce qu'il faisait là, s'il ne s'était pas trompé, s'il n'avait pas commis une erreur en quittant son pays. La solitude, l'ennui étaient comme une croûte qui pesait sur lui. Heureusement, il avait des amis ; il aimait les longues discussions avec eux. Il aimait aussi la lumière du jour, le ciel bleu. Mais ce qu'il préférait par-dessus tout c'était, en automne, de marcher sur les feuilles craquantes et d'entendre leur crissement sous ses pieds. Il écoutait aussi de la musique, du piano, chaque note étant comme un petit marteau qui venait trouer la croûte.

Alors il se dit que, dans sa grande maison, plus tard, il y aurait un parc, immense, où les enfants pourraient courir et jouer dans la nature. Et il y aurait un piano.

Quand, dans son pays d'origine, la révolte fut là, il en fut heureux. Si, à vingt ans, on n'est pas révolutionnaire, à quel âge l'est-on ? Il eut quelques regrets. Lui aussi, peu de temps auparavant, avait essayé. Lui aussi avait été Tigre. Il avait même créé une revue estudiantine. Il avait désiré la justice, la vérité. Il avait cru en l'amour. Il avait également trouvé la souffrance.

Courageux, il ne craignit pas de raconter son histoire, car, par le souffle de la terre, il possédait sa propre réponse. Et puis il croyait en la force de la mémoire, sachant la fugacité de l'instant. Il resterait toujours un tigre.

Mais, pour ceux de sa génération, l'histoire était trop lourde, la boue du passé avait fabriqué une gangue qui les enserrait, le corset des idéologies avait limité leurs esprits. Il était logique que ces jeunes révolutionnaires, à qui leurs parents avaient enseigné la justice, ne comprennent pas les injustices de leur société.

Son tour à lui était passé. Certes, il avait le sentiment d'être privilégié, de participer à un moment de la grande Histoire, mais la douleur était là, même s'il savait qu'elle était de celle des enfantements, celle de la naissance d'une nouvelle civilisation.

Et comme en lui résonnaient toujours les envies de vérité, de sincérité, de justice et de liberté, il se dit, que dans la grande maison qu'il construirait un jour, les enfants apprendraient eux aussi, ces valeurs.

Il n'oubliait pas ses racines. En les quittant, une part de lui-même avait été arrachée, une part de lui-même se vidait, se flétrissait. Aussi, chaque jour, se nourrissait-il de mots et lisait-il la presse chinoise. Chaque jour, il retrouvait le parfum, les saveurs, les odeurs de son pays natal à travers les nourritures que ses amis qualifiaient « d'ailleurs » et qui, pour lui, étaient les siennes.

Par son esprit, sa peau, ses mains, par tout son corps, il absorbait tout : les informations, les lieux, les idées... Il détenait un pouvoir secret lui permettant de communier avec les âmes, de ne plus faire qu'un avec elles. Un tel secret ne se dévoile pas, mais il était un homme généreux. Alors il choisit de le partager à travers l'histoire d'une jeune fille. Et, l'extirpant du cercle des initiés, il chuchota qu'au cœur du mystère était l'amour.

Puis il pensa à sa grande maison. Et il se dit qu'au milieu du parc, il faudrait un lieu enchanté, prodigieux et à nul autre pareil, un lieu en eucharistie avec l'indicible. Il l'imagina comme un cœur amoureux battant la mesure. Un organe véritable, un cœur rouge. Ainsi, il sut que, dans le calme de la grande maison, dans l'harmonie du parc et des chants d'oiseaux, le cœur des enfants serait en paix et qu'ils y puiseraient leur énergie.

À cheval entre deux mondes, il choisit d'en devenir le passeur et d'œuvrer pour le rapprochement des peuples. La littérature ne suffisant pas, il devint homme d'affaire. Agriculture écologique, culture, art, éducation, politique, commerce, communication… de l'exilé qu'il était, il se mua en bâtisseur. D'aucuns dirent qu'il avait trahi, que le poète avait troqué la muse contre le vin et la bonne chère. Mais lui savait qu'il était toujours resté un, qu'il était toujours resté plusieurs. Et du vin, pour le bonheur de tous, il sut en extraire le goût, les parfums, la couleur et la texture.

Par la grâce des mots, il devint le conseiller des grands, édifiant des ponts entre les continents. Il n'avait jamais oublié que les mots ont un sens, littéral et figuré, qu'ils parlent et que la symbolique l'emporte parfois. De plus, un nom désigne du doigt, pour le meilleur comme pour le pire. Ne dit-on pas, d'ailleurs, que se donner un nom chinois, c'est traduire son âme ?

Il savait aussi, au fond de son cœur, combien il faut être fort pour ne pas se plier face au groupe et continuer à aimer celui qui est, fusse son propre père, montré du doigt.

Alors, pour sa grande maison à venir, il décida qu'elle serait ouverte aux enfants de Chine, comme à tous les enfants du monde. Elle transcenderait les frontières. Les jeunes en seraient les citoyens et tous connaîtraient et seraient fiers de leur identité.

Miracle ou circonstance, il trouva une demeure mystérieuse, un château oublié. Il en fit sa résidence et, dans le parc, imagina un labyrinthe. Ce château, il en était certain, inspira le jeune Proust. Son cœur était grand, alors il y mit sa fortune et ouvrit les lieux à tous.

D'une chapelle abandonnée, il fit un cœur. Lors d'un songe, il y avait vu une jeune fille du temps passé qui peignait et jouait de la cithare, dont le jeune Proust tomba éperdument amoureux... L'homme choisit la couleur rouge qui était aussi celle exacte de son cœur.

Le cœur n'est-il pas la vie, l'amour, ce qu'il y a de plus éternel chez l'homme ?

Comme le fantôme du parc dont il est l'hôte, homme libre et sans compromis, il bouleversa les codes, les lois et les us. Il rappela à tous que la création est justement la négation de l'existant, le bouleversement de l'ordre établi.

Il créa les Jeux artistiques, un concours ouvert aux enfants du monde. Comme thème, il choisit des œuvres volontairement inachevées d'artistes et demanda aux enfants de les compléter. N'est-ce pas de l'innocence, loin des techniques des hommes, que naît la création ? Une passerelle encore, cocréation entre la patine d'artistes reconnus et la sincérité, l'authenticité et la fraîcheur des jeunes pousses.

Et comme il se savait paysan, que la terre, il y a longtemps, lui avait parlé, il offrit le prix de la vente pour construire une maison de retraite pour vaches, près du Mont-Saint-Michel.

Et comme il aurait pu être astronaute, il plaça des dessins d'enfants dans la lampe magique d'Aladdin et la nicha dans la capsule spatiale. Renommée B612, la fusée satellite se mua en étoile pour qu'enfin le Petit Prince rejoigne sa planète et y accueille ses amis.

Quel sera ton legs, sage Ya Ding ? Peut-être qu'après tes mots, ayant traversé océans et continents, les toiles de tes enfants, « portées par tous les vents, comme des milliers de cerfs-volants », deviendront les messagers de leurs audaces et de leurs rêves.

Sache que moi, je le sais ; par la collision des esprits, des arts, des cultures et des mondes, tu perpétueras l'imagination, la recherche de vérité, de sincérité et la liberté qui, toujours, t'ont accompagné et, toujours, t'accompagneront.

Note de l'auteur. Amie lectrice, ami lecteur. Est-ce un conte, une biographie, une nouvelle ? Cette aventure est-elle invention ou réalité ? Sache-le : cette histoire est vraie ; cette histoire est fiction. Tout est réel et tout est faux. La contradiction n'est qu'apparence. Qui connaît la frontière entre la vie d'un homme, ses rêves et ses récits ? N'est-ce pas le privilège d'un auteur de réécrire à sa façon l'itinéraire d'un semblable venu d'ailleurs, sincère, chercheur de vérité et qui, un jour a posé ses valises ? Je te laisse juge : sois libre de découvrir par toi-même la vérité derrière la légende et la zeste du passeur.

© Jean K.Saintfort[22]

[22] Écrivain pluriel, il rédige aussi bien des romans d'anticipation que de bien-être, des nouvelles que des poésies. Face à la dureté du monde, il oppose, depuis toujours, la bienveillance, même si elle bouscule les codes et les habitudes, même si elle fait réagir les hommes mauvais. Inspiré par la vie de Ya Ding, il a, à sa manière, choisi de rendre hommage à un personnage qui, toute sa vie, a privilégié la liberté et la sincérité.

Poissons volants, poissons pilotes, paroles nochère… et Kafka sur le rivage

Patricia Raccah
(France)

Pour peu que nous soyons attentifs à certains élans nous conduisant ici ou ailleurs, certains lieux qui nous ont marqués parlent de nous bien mieux que nous ne le pourrions nous-mêmes. Et nos intuitions nous conduisent souvent là où il nous faut être, créant des sortes de liens apparemment invisibles entre les événements parfois les plus importants de notre vie.

Cela faisait plusieurs années que mon goût pour la culture asiatique m'avait conduite à m'intéresser à quelques écrivains dont la littérature me permettait une meilleure perception de ses différents aspects. Et lorsque je découvris Haruki Murakami, je fus captivée par cette façon qu'avait l'auteur de faire osciller ses lecteurs entre réalité et irréalité, de sorte que ce qui paraissait initialement plausible devenait, au fil des pages, incroyablement cocasse.

Parallèlement, le hasard guida un jour mes pas au Théâtre de la Colline dirigé par Wajdi Mouawad, un auteur et metteur en scène québécois d'origine libanaise. J'assistai à la représentation de sa pièce *Tous des oiseaux*, sa première création dans ce théâtre.

Le spectacle en allemand, anglais, arabe et hébreu, surtitré en français, durait près de quatre heures. Le message d'amour sur fond de conflit israélo-palestinien m'enchanta, tant l'enchaînement successif des erreurs de jugement des principaux protagonistes permettait de caricaturer les prises de positions habituelles, démontrant à quel point la vie pouvait se jouer de nos clichés les plus tenaces.

Les poissons volants

Intéressée par l'approche de ce metteur en scène, je pris l'habitude de me tenir régulièrement au courant des spectacles proposés. Et mon attention fut particulièrement attirée par une des pièces de la programmation. Il s'agissait d'une adaptation théâtrale du livre *Kafka sur le rivage* d'Haruki Murakami, livre que j'avais lu et aimé. J'étais très curieuse de découvrir la mise en scène du Japonais Yukio Ninabawa, d'autant plus qu'il s'agissait de la dernière réalisation précédant son décès.

J'avais donc réservé une place pour le samedi 23 février 2019, seule date où il m'était possible de venir à Paris pour un week-end.

Quelques jours avant la représentation, quelle ne fut ma surprise de recevoir un message du théâtre de la Colline m'informant que Haruki Murakami serait présent pour la dernière représentation... le 23 février ! Sa venue s'inscrivait dans le cadre de l'année culturelle japonaise. Wajdi Mouawad prévoyait une séance-débat avec de jeunes lycéennes et étudiantes, ayant lu le roman, qui pourraient l'interroger à son sujet.

Les places étaient limitées et je fis en sorte de m'y inscrire immédiatement.

Le jour venu, je fus enchantée de découvrir un décor à la fois extrêmement fidèle aux intentions de l'auteur et ingénieusement conçu par le metteur en scène : de gros cubes de verre qui évoluaient entre les personnages, des techniciens, vêtus de noir, accompagnés de savants jeux de lumière pour les rendre invisibles, qui déplaçaient les différents décors. Et c'est dans cet onirisme extrême que trônait le chat parlant, que des poissons tombaient du ciel, tout cela dans une alternance et un aller-retour parfait entre rêve et réalité. Ce metteur en scène ayant toujours travaillé à la croisée des cultures occidentale et asiatique, on ressentait une sorte d'évidence dans la juxtaposition et le brassage d'intentions émanant d'influences diverses.

J'avais préalablement préparé et mis dans ma poche un petit billet écrit en anglais pour ne pas perdre mes moyens dans le cas où je me trouverais face à l'auteur.

La rencontre n'eut pas lieu, mais la discussion avec les cinq jeunes étudiantes fut à la hauteur de mes attentes, tant du point de vue des questions posées que des réponses de l'écrivain, teintées d'une simplicité que sa notoriété d'auteur, plusieurs fois favori pour le prix Nobel de littérature, n'entamait aucunement.

Kafka sur le rivage

La mise en scène correspondait parfaitement à ce que j'avais pu retenir du livre de Haruki Murakami.

L'auteur raconte l'histoire de Kafka Tamura, un garçon de quinze ans qui fugue de chez lui pour contrecarrer la prédiction œdipienne faite par son père. Il se retrouve dans une bibliothèque spécialisée dans la poésie japonaise ancienne (tanka[23] et haïku[24]) et y fait la connaissance d'Oshima, un garçon qui devient son ami, mais qui se révélera plus tard être une fille, et de Mademoiselle Saeki, la directrice du lieu. Rencontres qui vont le placer face à son destin.

L'autre protagoniste du livre est Nakata, homme d'une soixantaine d'années qui a le don de parler avec les chats. Et aussi celui de pouvoir dormir très longtemps, de sorte que la mort n'est pour lui que le prolongement d'un de ses très longs sommeils.

« *Ce ne sont pas leurs défauts, mais leurs vertus qui entraînent les humains vers les plus grandes tragédies. Œdipe roi, de Sophocle, en est un remarquable exemple* », écrit Haruki Murakami.

Et cette citation ne peut que confirmer le choix du directeur de la Colline de faire jouer cette pièce dans son théâtre, lui qui pose les questions essentielles de la famille, de l'origine et des conséquences de la guerre sur l'individu en associant les thèmes de la tragédie grecque aux déchirures du monde contemporain.

Mais la tragédie, qui déborde les scènes des théâtres, vint s'abattre brusquement sur les pays sous le nom de COVID. Un premier cas fut signalé à Wuhan le 17 novembre 2019. Puis, à partir de décembre, cette ville chinoise devint un foyer épidémique majeur. Nous aurions pu en rester là, et penser que cela ne nous

---

[23] Poème bref qui s'écrit sur cinq lignes en langue française bien que sur une ou deux lignes en japonais, et qui s'articule suivant un rythme de 31 syllabes, réparties entre un tercet de 5/7/5 syllabes et un distique de 7/7 syllabes.

[24] Poème très court de 17 syllabes, qui immortalise un instant et l'émotion de l'évanescence des choses.

toucherait pas. Mais le mot de pandémie fut prononcé, et ce fut au tour de l'Italie de prendre des mesures qui ne pouvaient que nous stupéfier. Je me souviens de ce matin du dimanche 8 mars 2020. Je me trouvais à la maison lorsqu'allumant mon poste de télévision, j'entendis le Premier Ministre Giuseppe Conte annoncer la mise en quarantaine de seize millions de personnes résidant au nord de l'Italie. Les déplacements étaient restreints, les funérailles et les événements culturels interdits.

Le poison d'avril

En France, à la stupéfaction générale, l'annonce de la fermeture des écoles fut prononcée. Le lendemain, le 17 mars, le confinement débutait, il devait durer près de deux mois.

C'est à cette période qu'il me fut donné de suivre, au quotidien, le journal de l'écrivain Maxence Fermine qui, gravement atteint par le virus, y décrivait au quotidien son combat sur Facebook. J'avais déjà eu l'occasion de lire cet auteur, devenu célèbre après la parution de son premier roman Neige qui racontait l'histoire de Yuko Akita, un jeune homme japonais qui composait des haïkus. Ce livre m'avait enchantée tant son écriture belle et dépouillée correspondait à ma propre représentation d'un style épuré, d'un art minimaliste.

Dans sa chronique quotidienne, Maxence Fermine utilisait le pastiche, donnant à tour de rôle la parole à des chanteurs, comédiens, comiques, sportifs, personnalités politiques... La drôlerie de ses textes lui permettait sans doute de dédramatiser ce qu'il vivait.

Chaque matin, je lisais ses différents billets, et j'y apposais un petit commentaire en m'inspirant moi-même du registre choisi. Je trouvais souvent drôle la façon qu'avait l'auteur d'utiliser les traits les plus caricaturaux de ces différentes célébrités pour conter ses déboires et péripéties dues au virus contracté. Je m'en voulais même parfois de rire à ce point en lisant un récit qui aurait dû m'attrister. Mais à deux ou trois reprises, le témoignage se fit poignant : l'attaque du virus, dans sa virulence, avait causé des lésions pulmonaires lui rendant la respiration impossible. Je ne pus alors qu'être admirative en pensant que, même dans ces moments d'extrême faiblesse, l'auteur était capable de témoigner de l'épreuve endurée et de la partager avec ses lecteurs. Son récit du 17 avril fut marquant pour moi au point que je décidai de lui offrir, comme pour l'encourager à retrouver le souffle, le livre de Haruki Murakami, *Autoportrait de l'auteur en coureur de fond*, où celui-ci rapporte son expérience d'écrivain-coureur, considérant qu'écrire un livre et courir un marathon sont des activités similaires.

Les poissons pilotes

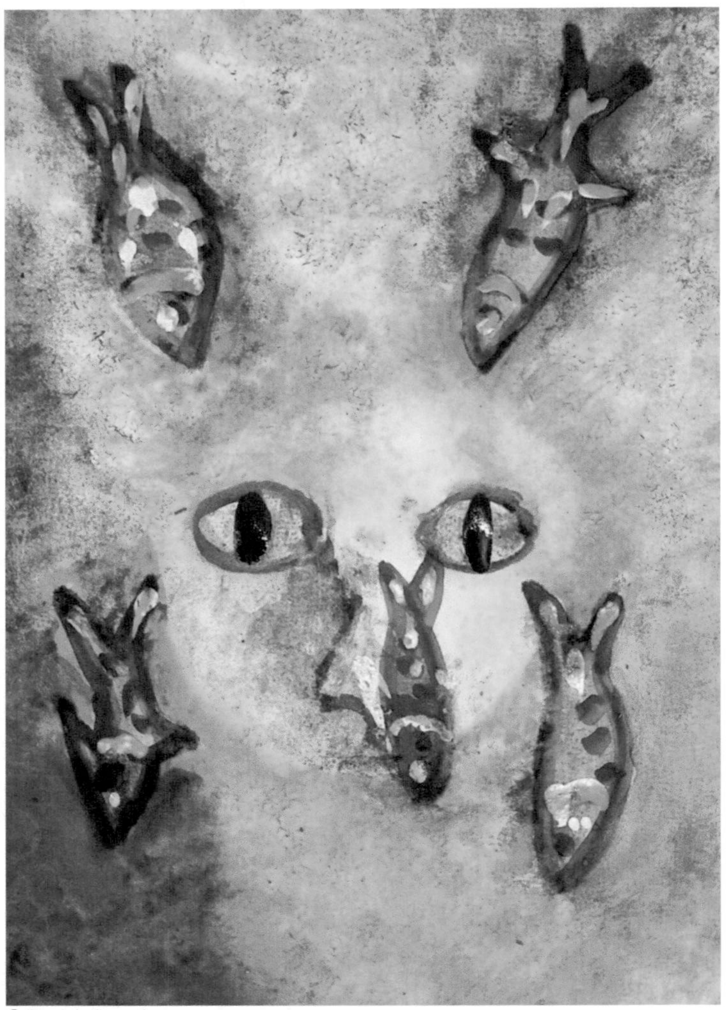

© Patricia Raccah

De son côté, du 16 au 20 avril, Wajdi Mouawad allait tenir son journal de confinement. Et il m'est aujourd'hui impossible de dissocier cette période de cette voix, la sienne, qui, au quotidien, exprimait durant quinze minutes son désarroi intime et ses interrogations face à ce qui découlait de cette pandémie : la fermeture des théâtres. Un samedi 18 avril, la Colline diffusait l'entretien entre Wajdi Mouawad et le metteur en scène japonais Satoshi Miyagi. La question était de savoir comment continuer à inventer le théâtre, à préserver les liens en cette période de confinement. La solution trouvée fut de faire en sorte que le théâtre puisse venir vers le public, puisque celui-ci ne pouvait plus aller vers lui. Et cela se traduisit concrètement par la mise en place *des poissons pilotes* : tissage réel pour représenter un lien virtuel, appels téléphoniques des comédiens pour une lecture de poèmes aux personnes intéressées… Les *poissons pilotes* étaient nés. Et c'est ainsi qu'il m'arriva un jour de recevoir l'appel d'une comédienne qui me lut des poèmes et échangea ensuite avec moi. Étrange conversation pour le moins inhabituelle entre personnes ne se connaissant pas, mais momentanément unies dans une confiance librement accordée.

En juillet 2020, un nouveau projet vit le jour, à l'initiative de Wajdi Mouawad et de Kaori Ito, chorégraphe japonaise vivant en France. Il s'agissait de mettre en place une expérience poétique autour de la parole des disparus : *la parole nochère.*

La parole nochère

Le nocher est celui qui mène en barque un passager d'une rive à l'autre. La note d'intention de Wajdi Mouawad me paraît extrêmement intéressante en tant que réflexion sur les possibles missions du théâtre :

« *En ces jours de glissement où le monde aussi passe d'une rive à une autre, c'est là la question qu'un théâtre doit se poser : comment parler de la mort ? Comment aider à faire son deuil ?*

Lorsqu'on sait qu'à l'époque de la Grèce antique aucun hôpital ne se construisait sans un théâtre à ses côtés, on peut penser qu'il fut un temps où poésie, guérison et mort étaient intimement liées. Serait-il possible aujourd'hui de tenter, même imperceptiblement, de les relier à nouveau ? »

Et, faisant référence au dénombrement des victimes du COVID qui était quotidiennement diffusé sur les chaînes de télévision, Wajdi Mouawad eut ce questionnement : *Se pourrait-il qu'un théâtre, depuis l'endroit qui est le sien, participe à redonner aux morts, non pas leur nombre, mais leurs noms ?* La parole nochère était née.

C'était le 7 juillet 2020. Je revenais de Toulon où je venais de rencontrer lors d'une séance de dédicaces un écrivain avec qui j'avais échangé quelques lettres. J'avais parcouru neuf cents kilomètres pour une signature ! Mais la rencontre avait dépassé toutes mes attentes. Le rendez-vous pris au Théâtre de la Colline était pour le jour même de mon arrivée à Paris. Ainsi, j'allais enchaîner sans transition une expérience d'amitié hors du commun et une curieuse possibilité de communication avec un défunt.

J'ai été conduite dans une petite cabane qui se trouvait au cœur même du théâtre. À l'intérieur, se trouvaient deux petites tables : une sur laquelle reposait deux téléphones, et une autre où étaient disposées une théière et deux tasses. Chacune était éclairée par une petite lampe propageant une lumière tamisée. J'ai été invitée à me saisir du premier combiné de téléphone, et la voix d'un artiste au bout du fil m'a posé un certain nombre de questions concernant la personne défunte que j'avais choisie. Cette conversation s'acheva avec la lecture par le comédien de poèmes faisant référence à la mort et au deuil. Il s'agissait de magnifiques poèmes de François Cheng, extraits de son livre *Cinq méditations sur la mort* et d'un poème d'Alicia Gallienne, poétesse emportée par la maladie à l'âge de vingt ans.

Puis l'artiste-témoin avec qui je communiquais, me dit que je pouvais raccrocher le premier téléphone et composer le numéro inscrit sur le second lorsque je m'en sentirai prête.

Dans l'intervalle, je pouvais à loisir me servir une tasse de thé, ce que je fis. Moment précieux et nécessaire pour me permettre de réaliser un vide intérieur, vacance nécessaire pour offrir des mots qui seraient prononcés sans espoir de réponse en retour.

Je sortis alors la photo du défunt à qui je voulais m'adresser ainsi qu'un texte préalablement écrit, et composai le numéro 291.

J'allais donc enfin, seule dans ce lieu aux lumières tamisées, pouvoir poursuivre un récit que la mort avait interrompu. Celui commencé quatre années auparavant, lorsque j'avais pu aller à la rencontre d'un cousin perdu de vue pendant de longues années. Je le savais très malade, et cela m'incita peut-être à lui faire des confidences impossibles à partager avec les autres membres de ma famille.

Nous nous étions promis de nous revoir en

juillet, dès que l'année scolaire serait terminée.

Mais il était décédé un dimanche, à deux jours de mes vacances, et j'en avais ressenti une infinie douleur doublée de rage. Son décès était pour moi… injuste !

Alors, quatre ans plus tard, en prenant connaissance du projet, j'ai su que l'occasion m'était enfin offerte de poursuivre ce qui avait été brutalement interrompu.

Aussi, lors de notre rencontre, il avait eu ces mots : « *la mort véritable, c'est l'oubli* ». Et il avait évoqué avec moi son intention de créer une sorte de Wikipédia des Anonymes qui permettrait à la famille et aux amis d'un être cher de déposer leurs mots pour laisser une trace de sa présence.

Il faut parler avec les vivants. Et lorsque tout n'a pas pu être dit, il devient important de poursuivre avec les morts. J'ai ainsi appris que Kaori Ito s'était inspirée, pour son expérience poétique, de celle réalisée à la suite du séisme de 2011 sur la côte pacifique du Japon. Près de trois mille personnes s'étaient rendues à une cabine téléphonique ouverte au public pour se soulager des mots qu'elles n'avaient pas pu adresser à leurs disparus du fait de leur mort brutale.

Grâce à la parole nochère, j'ai pu, quant à moi, en plus des mots libérés, réaliser l'hommage que mon cousin souhaitait rendre possible pour le plus grand nombre : faire en sorte que la mort ne se résume pas en un oubli définitif.

Vent d'est, vent d'ouest

Je savais que, sans être écoutés, les deux appels avaient été consignés anonymement et qu'une cérémonie serait organisée par le Théâtre de la Colline en présence des différents participants.

Celle-ci eut bien lieu le dimanche 26 juin 2022 à quinze heures. Mais, vivant à plus de cinq cents kilomètres de Paris, je ne pus m'y rendre. Je sais cependant que les paroles échangées en toute discrétion avec l'artiste-guide dans la cabane aux lumières tamisées ont été enterrées quelque part sous le Théâtre de la Colline, et que ces mots reposent à présent sous la grande scène du théâtre. Les cendres de ceux que nous avions adressés à nos disparus ont été, quant à eux, dispersées depuis le toit du Théâtre de la Colline.

À la vie, à la mort !

« *Ouvrir nos yeux sur l'invisible est une manière douce de guérir nos blessures* », c'est ce qu'écrit la chorégraphe Kaori Ito à propos de « *la parole nochère* ».

Peut-être avons-nous en effet besoin parfois de nous soulager auprès de nos morts pour ôter de nous le poids du regret de ce qui n'a pu être dit.

La tragédie de la COVID a été le théâtre d'un questionnement intime pour chacun de nous.

Dans son dernier livre, *La Vie heureuse*, l'écrivain David Foenkinos évoque un rituel très en vogue en Corée, celui de vivre son propre enterrement, et il conclut que la mise en scène de sa propre mort peut donner un nouveau départ à sa vie.

C'est bien ce qu'il m'a été donné de vivre durant cette période de pandémie.

Les poissons pilotes m'ont indiqué d'autres voies. Les poissons volants m'ont appris à voler. Et la parole nochère a brisé le mur séparant le présent des vivants de celui des morts pour permettre aux mots chuchotés de s'envoler jusqu'au cœur de mes secrets.

Il ne me reste plus qu'à me rendre, dès que je le pourrai, à l'hommage *À la vie, à la mort*, célébré chaque année par le Théâtre de la Colline au moment du solstice d'été dans le cimetière du Père Lachaise. Moment festif où « *acteurs, musiciens, chanteurs, danseurs et amateurs rendent hommage aux talents illustres et anonymes qui reposent au cimetière voisin ou ailleurs* ».

© Patricia Raccah[25]

[25] Écrire, c'est rejoindre l'autre dans un acte solitaire. Mon métier de professeure auprès d'enfants en situation de handicap m'a appris l'altérité, la générosité et le partage, et a affiné ma façon de percevoir le monde. J'écris pour ne pas passer à côté de moi-même. J'écris aussi pour ne rien perdre de la richesse humaine qui m'entoure.

Sri-Lanka is bad

Jean-Michel Guiart
(Nouvelle-Calédonie)

© Jean-Michel Guiart

Dans les allées de l'ancien Ceylan, tatouages apparents, on me prend pour un drôle d'oiseau. À s'y méprendre, constamment en sueur, je me vois plutôt en sanglier. Ici, les interactions sont sincères quand les différences s'amusent de regards.

Cependant, le Sri-Lanka connaît, depuis son indépendance, une crise sans précédent. Sa dette disqualifie une présidence qui est dans de beaux, mais sales draps. Encore que les gens soient d'une patience et d'un déconcertant calme. Tels des lucioles dans la nuit, ils s'arment de courage et laissent de côté ce qui les oppose. Je ne sais pas quels noms de dieux font cet effet-là, mais il y a beaucoup à apprendre dans cette force qui, à première vue, n'en est pas une. Un vent d'apaisement se ressent dans cette période de tempête puisqu'ici, chacun croit à son karma comme d'autres à leur bonne étoile. Les gens sont d'une gentillesse telle que cela devrait être interdit.

« Where are you from? [26]*»* Me pose-t-on quotidiennement la question, je réponds dans un *frenchglish* qui honore un accent paraît-il romantique ? *« France, France »*, je rétorque aussitôt. *« A good country »*, me répond-on avec une voix de petite souris, dont la rapidité n'a rien à envier à Speedy Gonzales, *« Sri-Lanka is bad, no money, no fuel, the President stole the money* [27]*»*. Sous cette chaleur aussi étouffante se met-on à parler politique. En marchant, je croise , à chaque kilomètre, des statues de Buddha dont je commence à envier le plissement de cils. Entre des églises qui mettent en avant un Christ torturé et voir un Buddha qui a l'air de faire une sieste sympathique. *« Sri-Lanka is bad »*, ces mots résonnent pourtant tout pousse ici, le potentiel y

[26] D'où viens-tu ?

[27] « Le Sri-Lanka est mauvais, pas d'argent, pas d'essence, le Président a volé l'argent. »

est époustouflant. Et, les gens, quand bien même sont-ils dans l'adversité, ont une mentalité remarquable.

© Jean-Michel Guiart

Dieu sait que c'est triste de voir ce terrible sort réservé à cette île paradisiaque, surtout après deux années de pandémie internationale due au covid-19. Cette île, la plus proche des dieux, paraît-il, subit une situation alarmante. Dès mon arrivée, j'ai aperçu bon nombre de personnes dormir dans leurs véhicules dans des queues interminables pour espérer avoir de l'essence. Le pays tourne au ralenti et la situation donne l'impression d'être gérée, au jour le jour. Un pays qui a tant à donner, mais risque de tout perdre. Visiblement pas le sourire, et c'est ça quelque part qui reste un mystère, pour nous autres occidentaux.

Arugam bay, Here I come!

La situation politique houleuse au Sri Lanka rend les tensions palpables. Le mot corruption est suspendu à toutes les lèvres et les visages se crispent en évoquant le pouvoir en place. *Go Geta* peut-on lire et entendre dans toute l'île. Le bras de fer semble engagé et la population qui a déjà un genou à terre compte bien se lever comme un seul homme. Malgré tout, les touristes vont et viennent. Quand bien même les télévisions occidentales vendent un pays au bord de l'implosion. Sans vanter la mentalité remarquable dont fait preuve la population qui a une tendance naturelle déconcertante à la joie et la bonne humeur.

Un jour au Cameroun, lors d'un stage d'études, un de mes professeurs m'avait dit que le problème en Afrique, ce n'est pas la pauvreté, c'est le soleil. Il rend les gens plus ou moins joyeux alors qu'ils ne devraient pas l'être. Ici ou ailleurs, dans un pays du Sud, on peut lire sur les visages que cela est loin d'être un mythe. Je décide cependant de m'éclipser des tentacules de Colombo. La crise du pétrole et la chaleur ambiante me laissent entendre que je serai mieux en bord de plage. Le hasard du calendrier fait que la saison estivale commence sur la côte ouest. On me vante cette destination comme la *Gold Coast* australienne. Rien que le mot surf, et l'ambiance qui l'accompagne, suscite mon intérêt.

Depuis l'Hexagone, j'avais déjà visionné des vidéos sur cet endroit paradisiaque, au nom enchanteur d'Arugam bay. La crise du pétrole s'intensifie, animée par une peur d'être coincé dans cette fournaise qu'est la capitale. Je croise les informations pour rejoindre cette côte ouest idyllique. Les bus publics sont au point mort à cause du manque de pétrole et les informations sur les départs, hormis les chauffeurs privés hors de prix, sortent au compte de gouttes. C'était sans compter sur ma soif d'exotisme et mes envies de siestes dans un hamac à l'ombre des cocotiers. Un rien suffit à mon bonheur pour peu que j'aperçoive les chevelures ébouriffées brûlées par le sel et le soleil qu'arborent de jolies sirènes. Le suspense est à son comble. Il est temps pour moi de regagner cette plage à la réputation bien trempée. Je trouve un bus privé qui voyage de nuit vers la destination de mes rêves. Il va falloir maintenant trouver un *tuk-tuk* pour y aller et ça, c'est une autre histoire. Il faut s'organiser pour rejoindre le point de départ du bus. Les applications pour trouver un *tuk-tuk,* une sorte de taxi local de fortune, paraissent bien obsolètes en ces temps de crise. Ainsi, on revient aux fondamentaux, pouce apparent et regard aux aguets, en bord de route.

Arugam bay, Here I come! Cette ambition anime mes pas décidés. J'ai beau agiter des bras pour capter l'attention d'un *tuk-tuk*, rien n'y fait, moi qui suis pourtant quasiment un dollar sur pattes, aux yeux des locaux. Bref, j'ai besoin d'un *tuk-tuk*, aujourd'hui et maintenant. Je suis prêt à y mettre le prix, voire à rejoindre la côte ouest à la nage s'il le faut. Car il est temps pour moi de prendre le large. Dix minutes s'écoulent, mon voyage paraît mal engagé. Je me demande si je ne commencerais pas à marcher un peu, mais la chaleur et mon gros sac m'en dissuade. Le doute s'installe quand soudain un *tuk-tuk* s'arrête et me sort amicalement *« You remember me? »*. Sans réfléchir, je saute sur la banquette arrière, pose mon sac et oui, je le reconnais, j'avais fait une course il y a deux jours avec lui. On ne se comprenait pas trop, mais on avait bien ri. Je lui avais donné un bon pourboire. Je lui pose la question cruciale : s'il a assez d'essence pour m'emmener au bus. Ce n'est pas si loin, mais les *tuk-tuk* préfèrent les petites distances pour économiser l'essence. Il réfléchit et me dit *yes* sans broncher. Je me dis pour ironiser la situation, *« C'est la bonne réponse mon gars, tu as tout compris, je vais faire de toi un homme riche »*. Le *tuk-tuk* démarre et je me sens comme dans une confortable limousine. Il faut dire que prendre un *tuk-tuk* seul par les temps qui courent, c'est devenu un luxe. Mais rien n'est trop beau pour ma destination, *Arugam bay, Here I come!*

On arrive au point de départ du bus. Je remercie mon chauffeur avec un pourboire aussi large que nos sourires respectifs. Me voilà devant ce fameux bus qui est devenu une légende urbaine. Tant les bus sont rares, celui-ci est déjà plein. Heureusement, j'avais appelé la veille pour réserver une place. Ce n'est pas faute d'avoir eu une mère qui m'a martelé toute mon adolescence, son maître-mot : l'organisation. J'arrive devant le chauffeur pour lui signifier ma présence. Il me dit que je ne suis pas inscrit sur ce trajet bizarre, pourtant, je suis bien à l'heure. Puis, il me demande qui j'ai appelé pour réserver mon billet. Mon téléphone fait des siennes, mais j'arrive à lui montrer le numéro. On appelle la personne, ça capte mal ensuite, on rappelle, là, ils discutent laborieusement. Soudain, un soulagement se fait sentir comme après une incompréhension passagère, puis le chauffeur m'emmène dans un bureau derrière la rue, vraisemblablement l'office de cette compagnie de transport. Il papote avec un collègue. Ce dernier se tourne vers moi et me dit *« Sir you don't have a seat. When you call, you must ask for your seat number »*.

« Et sinon copain, tu ne veux pas que je fasse ton boulot aussi ? », pensais-je fortement. On m'attribue la pire place du bus, au fond, au milieu. C'est parti pour sept heures de trajet, une famille s'installe à côté de moi, une femme voilée magnifique de simplicité, son mari et leur petit garçon de neuf ans, tout intrigués par mes tatouages polynésiens. On a une discussion sommaire, mais riche d'échanges.

Les premières heures de trajet focalisent ma curiosité. Au fur et à mesure que le soleil se couche, on traverse une rue bondée d'enseignes un peu trop attrayantes. On dirait une scène d'un film bollywoodien, tournée de nuit avec des couleurs saturées et la musique qui l'accompagne. Je peine à dormir, ma tête retenue par mon cou se balance de gauche à droite, la musique sri-lankaise retentit dans le bus et les lumières intérieures font penser à une boîte de nuit. Moi qui ai toujours trouvé ridicule de voir en France ces bus transformés en boîte de nuit qui roulent au centre-ville. Eh, bien, je suis en plein dedans sans l'*open bar* qui va avec. Déjà saoulé par l'ambiance, mon manque de sommeil m'assigne une gueule de bois notable. Sept heures de bus, moi qui ai fait plusieurs fois le vol Nouvelle-Calédonie - France et vice-versa qui dure une éternité. *« Ça va aller »* me dis-je, c'est le prix à payer pour rejoindre l'Éden. Je dors, un œil entrouvert pour scruter la moindre place qui se libère. On fait un stop devant une modeste enseigne pour se restaurer. L'obscurité est telle qu'on ne perçoit presque rien autour. L'éclairage public est rudimentaire. Mais qu'importe, les gens se jettent sur le buffet. Je n'ai pas spécialement faim, mais manger un repas chaud, c'est toujours réconfortant. Surtout que je suis un grand fan de *Dhal curry*, cette espèce de soupe de lentilles épicée, un grand classique du genre. Une fois n'est pas coutume, je ne suis pas déçu par ce repas simple et efficace. Je me pose la question de savoir où sont les toilettes, car le bus n'en a pas. Quand je vois une file indienne se former devant une cabane de fortune, je devine alors que cette maisonnée n'est pas la chapelle du village et je me dis que mon envie n'est pas tant pressante. Et me persuade en fumant une cigarette comme pour sceller un accord entre mon corps et mon esprit. Surtout pour donner plus de matière à ce que je compte expier dans un lieu plus approprié.

Même si dorénavant, je suis un pro des toilettes asiatiques. Ce sentiment de fraîcheur qui vous envahit après avoir libéré votre court-circuit n'a rien à envier aux publicités Hollywood chewing-gums et Colgate Dentifrice réunies. Quand bien même, au premier abord, les toilettes asiatiques m'ont laissé perplexe quant à l'usage du pommeau adéquat après certaines commodités. En effet, viser à l'aveuglette un endroit qui ne ressemble en rien à une diagonale. Forcément, à un moment donné, ça se décale, ça se déhanche. Là où le fond n'a rien à envier à la forme. Où, par moments, vos excès de piment et d'épices, vous prennent de court. Avoir foi en ces intestins n'est pas une mince affaire, quand on ne connaît pas le poids du préjudice. Sur le coup, les épices, ça réveille les tripes avec le sentiment de faire un peu partie de la bande. Mais à la suite d'accolades et autres regards chaleureux, dans l'intimité d'une certitude. On sait qu'on va devoir passer à la caisse, voire à la casse. En payant le prix fort, celui de sentir un estomac en bric-broc par un déferlement presque soudain. Mais pour l'instant, la paix fait durer le châtiment gastrique pour nous faire comprendre la bienveillance d'un régime équilibré.

Je dois être un peu pompier-pyromane sur les bords, note ma langue, certainement lasse de jouer les remparts. Il faut soigner le feu par le feu, me dis-je, surtout quand je couve une toux saisonnière. Alors là, je me fais un malin plaisir à aller au charbon pour tuer les microbes, petit *punch* par-ci, *curry massala* par-là. C'est vous dire si mon voyage au Sri Lanka est une parenthèse indienne. Car d'ores et déjà, je joue avec le feu. Et dans ce trou du cul du monde, je préfère avoir une confortable constipation. En plein questionnement existentiel, sort de nulle part un chien à l'allure boiteuse tout autant que sa santé douteuse. Il s'extirpe de l'ombre de cette échoppe de routiers. Avec son air rabougri, il se rapproche de détritus laissés à l'abandon et repart dans la nuit avec un sac en plastique contenant quelques flaques de sauces. Il me regarde comme s'il était désolé de me faire part de sa chienne de vie. Je me demande si je ne ferais pas mieux de le nourrir ou de l'achever. Je reste éberlué par cette scène dont je ne sais que penser. Alors, je m'assois devant le bus et fume une autre cigarette. Je me remémore certaines scènes depuis mon arrivée dans l'ancien Ceylan. Car depuis un mois au Sri Lanka, je suis saisi de contrastes aussi époustouflants que pittoresques. En un mois au Sri Lanka, je suis d'ores et déjà conquis.

Voilà que le chauffeur du bus sonne la fin de la récréation. On repart de plus belle sur des routes obscures. J'ai l'impression d'être dans un jeu vidéo. Tant le chauffeur roule comme un assassin. Pour un pays à majorité bouddhiste qui a un certain rapport à la vie, il vaut mieux ne pas tomber nez à nez avec un bus. Les chauffeurs ne donnent pas l'impression d'avoir le temps de s'arrêter pour faire du bouche-à-bouche. Telle une scène du film *Las Vegas Parano* quand ils sont en décapotable ou plutôt dans le dessin animé *Satanas et Diabolo* . Car en parlant du bus, il faut voir la gueule de l'engin. Celui-ci arbore des couleurs vives façon disco funk bollywoodienne. Le chauffeur en mode punk à moustache italienne ou turque, musique sri-lankaise à fond. Il serait à fond de cocaïne que ça ne serait pas surprenant. Toutefois, j'arrive sain et sauf, j'ai réussi à dormir ou à prier pour ma vie ou les deux en même temps, je ne sais plus. Je n'ai qu'un bagage aussi, je me précipite sur les quelques *tuk-tuk* [28]présents à deux

[28] En Asie du Sud-Est, version moderne et motorisée du pousse-pousse.

heures du matin. Un m'emmène de Pottuvil, le terminus du bus qui est la ville adjacente, à mon spot de surf. Par la brise marine, je pressens l'Océan Indien. Peu à peu, nous nous rapprochons d'Arugam bay et le son des vagues s'éclaircit à l'horizon. Et demain, j'ai rendez-vous avec elles.

Arugam Bay, Here I am

Un snack/restaurant me sert de domicile à mes heures creuses. Le gérant m'a proposé un prix imbattable pour séjourner dans son unique chambre à louer, face à la mer. Après avoir habité dans plusieurs *Guest houses*, plus ou moins éloignées de mon terrain de jeu nautique, je décide de prendre cette modeste chambre. D'où je me sens bercé par la brise marine, huit mille roupies la semaine pour une chambre les pieds dans l'eau avec salle de bain privative. Un prix à faire pâlir les habitués du spot, moi le *rookie* fraîchement débarqué, sur cette terre de surf. Les semaines s'écoulent et tout semble beau, dans le meilleur des mondes.

L'après-midi, je m'enracine dans mon hamac de prédilection pour scruter les vagues au loin. Il y a du beau monde qui passe devant ma résidence estivale. Je n'en finis plus de recenser les nouvelles têtes et les maillots de bain de la gent féminine. J'arrache quelques sourires ici et là. Le gérant est aussi mon voisin de palier que j'initie à l'apéro méridional. Au-delà de la relation commerciale, le gérant, qui a aussi la trentaine, est devenu un ami. Même si ici tout le monde s'appelle *bro* toutes les deux minutes. Il me raconte ses déboires avec cette saison qui a du mal à démarrer en raison de la situation de crise au Sri Lanka. En effet, pour le reste du monde, le pays n'apparaît pas sûr. Surtout pour une masse de touristes avides de vampiriser le pays à coups de pouvoirs d'achat, fait surtout de dollars, d'euros et de roubles. Une avalanche de morts-vivants assoiffés de consommation, loin d'une Europe où l'on commence de plus en plus à être près de ses sous. Un épisode de *The Walking Dead* revisité, où les touristes vont plutôt consommer ce qui ressemble, de près ou de loin, à leurs habitudes quotidiennes. Le café qui va bien, les cakes en pagaille, sans oublier le burger ou steak frites, ce classique d'une gastronomie globalisée.

Si bien que les parties d'Arugam bay sont des célébrations, de la culture dominante globalisée. Avec son lot de DJs techno et les drogues en vogue qui l'accompagnent : ecstasy, cocaïne et la dernière en date, la kétamine. Il fut un temps où je trouvais l'univers psychédélique rock'n'roll et subversif. Mais après avoir été travailleur social avec des toxicos, à Belsunce, à Marseille, je trouve que l'usage de drogues dures est dangereusement puéril. Encore que, dans certains cas de détresse sociale, je puisse comprendre que, par moments, on ait besoin d'évasion. Mais dans ce cas, où il s'agit d'un comportement grégaire consistant à se calquer sur des critères, de soirées branchées. Je trouve ça proprement ridicule, mais surtout dangereux. Mais, soit, ça plaît et dans mon cas, toute occasion est bonne pour boire une bière et voir des filles se trémousser.

J'ai tout de même fait quelques soirées, après une bronzette sous les cocotiers, parfois, on a besoin d'actions nocturnes. La musique, ce n'est pas mon kif, je n'ai pas non plus passé tous mes étés dans des clubs à Ibiza. Le côté répétitif de la musique électronique, il faut croire que c'est entraînant, davantage avec de l'alcool, ça aide. De toute façon, et par bien des manières, le but du jeu est de ramener une *pompom girl* à ce qui nous sert de toit pour la saison. Ainsi, lors de ces soirées, un savant mélange d'alcool et de testostérone, fait que des interactions se produisent. La pub *Schweppes* avec Uma Thurman semble avoir nourri l'imaginaire masculin indien et srilankais. La nuit, les démons srilankais sortent, l'alcool coulant à flots fait tomber les masques. Les gens se désinhibent, et les histoires d'un soir comme celles de toute une vie restent à écrire aux creux de coquins regards. Certains de mes amis locaux ont déjà visité plusieurs pays européens selon leurs conquêtes de l'époque et d'autres baragouinent même quelques mots en français.

Comment ça va ? Ça va bien ?

Ils multiplient les histoires, dans ce paysage de carte postale qui les met en valeur. Un terrain de jeu lubrique qui fait que cela penche dans la balance pour des femmes en vacances, loin des pays occidentaux où elles ne captent probablement pas autant l'attention. Ces potentiels amants ne manquent pas à l'appel. Ils ne traînent pas la sulfureuse réputation que peuvent avoir leurs homologues latinos. Fort d'un anonymat qui conforte un lâcher-prise, on ne va pas se mentir, c'est aussi ça les vacances, *« c'est prendre du bon temps »*. Le terme de tourisme sexuel paraît fort. Ici, c'est plus un endroit où les gens se lâchent, plus ou moins. Il faut dire qu'il fait bon vivre et aimer à Arugam bay. Quand on trouve son bonheur, on y reste ou on y part avec l'heureux élu. Quelques srilankais et srilankaises ont les cheveux lisses et les traits fins, loin des traits négroïdes auxquels on se réfère selon le taux de mélanine. Peut-être que cela rend les amants srilankais plus attirants que leurs confrères africains, selon les affinités de chacun. Quoi qu'il en soit, les couples mixtes, pour le formuler ainsi, ne semblent pas si curieux. En témoignent les petites frimousses qui naissent de ces unions insolites. Et qui gambadent librement dans ce village balnéaire. Ces femmes ou hommes occidentaux cherchaient probablement des personnes attachées aux valeurs traditionnelles de la famille et du couple. Car ici ou ailleurs dans les pays du sud, le mariage reste une institution, un pilier de la vie de famille et du couple. Cette quête de tradition et d'engagement dans une vie de famille fait que les conjoints incarnent leurs traditions respectives qui se rejoignent sur les valeurs familiales et de dur labeur qui en découlent. Tout autant qu'ils portent la parole de la libre circulation des biens et des personnes. En devenant les ambassadeurs de la mondialisation, voire de la modernité.

Il faut dire que tout au long de la *Main Street* d'Arugam bay, il y a le choix dans le flot de surfeurs et de surfeuses qui se ruent sur les Hamburgers-Frites et ça rote des bières et du coca-cola comme sur les différents spots de surf en Asie. Les magasins de surf ne désemplissent pas de planches et vêtements pour espérer plaire aux arrivages réguliers de têtes blondes qui contrastent avec ce paysage de carte postale. Où on entend tout au long de la rue principale du matin aux soirées haut en couleur des *bro* et autres *madjane* son équivalent en cingalais. Une *bro attitude* qu'on croirait tout droit sortie d'un script de la série *Friends*. Au café du coin, on discute et montre son apparat du parfait hippie surfeur, à moitié yogi. Il faut dire que le surf comme le *rock'n'roll* représente le versant fun de l' *American way of life*. Qui grâce à la mondialisation s'est répandue à travers le monde. Et si cette américanisation a le vent en poupe, c'est aussi parce qu'elle a réussi à flatter les egos, autour notamment du culte du corps. Le surf renvoie à cette logique. Arugam bay ressemble finalement à tous ces spots de surf américanisés, secteur du tourisme oblige. Loin de ma quête d'authenticité qui motive mon périple. Alors, je me demande…

What is the true spirit of Arugam Bay?

Compte tenu de ma quête, précédemment exposée, je tente de me rapprocher des locaux. Un de mes amis srilankais, chauffeur pour safari, me propose de venir avec lui en escapade. Il lui reste une place et il peut me faire un prix intéressant. Je me dis pourquoi pas, aussitôt dit, aussitôt fait, on embarque dans l'après-midi. Avec d'autres touristes aussi bruyants qu'un concours de moto-cross. Visiblement sans savoir que l'observation d'animaux dans leur milieu naturel, ce n'est pas le zoo. Les animaux sont libres et n'attendent pas qu'on leur jette des pop-corn. Mais cela semble échapper aux autres protagonistes du périple qui ne désemplissent pas leur amplitude sonore. La vue du premier groupe d'éléphants a le mérite de faire son effet. Une touriste décide de profiter de cette occasion pour lâcher son drone qui fait autant de bruit qu'un bataillon d'abeilles. Et cette même personne s'étonne que les grandes oreilles de l'animal le rendent sensible aux bruits. Notamment à ceux émis par son engin de malheur. Elle a l'air de s'amuser comme une folle avec son jouet électronique, tel un enfant avec son premier château de sable, mais celui-ci finit sa course dans un arbre. Et ça commence à chouiner si bien que le reste de l'infanterie se met en mode *Il faut sauver le soldat Ryan*. Là des regards complices se tournent vers mon ami le chauffeur, autant dire le tirailleur sénégalais de service qui se sent obligé de voler au secours du bijou de famille. Pendant ce temps-là, je cherche des noms d'oiseaux pour rebaptiser l'iPhone hélicoptère qui fait des bips, telle une sonnerie matinale, pour signifier sa présence arborée. Pour le plus grand bonheur des animaux qui prennent leurs jambes à leurs coups.

Franchement, il y a des personnes qui feraient mieux de rester chez elles en mangeant de la pizza devant un documentaire animalier. Bref, je cherche à prendre mon mal en patience. Quand mon ami, sort victorieux des tranchées, il me propose une bière fraîche en pleine jungle. *« Lani you're the man ! »*, lui dis-je avec un sourire aussi sincère que ma capacité à surfer sur la mousse de blonde. L'aventure continue, l'atmosphère reste bonne enfant. Après tout, ça fait du bien de sortir de la ville. Dire qu'à vingt minutes de plages de rêve, on se retrouve en pleine jungle. Cette île est étonnante, on y trouve des ours bruns, des écureuils, des éléphants, des léopards, etc. On s'arrête sur une plaine bordée d'un lac. Le paysage est à couper le souffle. On discute et rigole avec le reste des convives qui sont déjà bien, éméchés. Je tente de les rattraper avec ma troisième bière, mais c'était sans compter sur une horde d'une cinquantaine d'éléphants qui sort de la jungle, sans prévenir. Telle une tribu de Bushmen, on se rapproche, nous autres, petit peuple voyageur, et buveur de l'eau de feu [29].

Nous sommes scotchés par cette présence aussi douce qu'incertaine. Au fur et à mesure que le soleil embrasse la terre, la horde se rapproche du lac. Le temps ombrageux laisse un faisceau lumineux transpercé, ce qui s'annonce comme une pluie imminente. Au loin, les éclairs de chaleur illuminent un ciel déjà teinté par un coucher de soleil qu'on devine sous un arc nuageux. Saisis par ce moment d'une intense et éphémère beauté, je remarque que le ciel, comme pour marquer cet instant solennel de son sceau, éclaire les pas du meneur du troupeau vers ce lac salvateur. Le reste de la troupe le rejoint une fois que le patriarche donna, par un son touffu et caverneux, son accord. Un ciel qui en ce début de soirée tempère les couleurs vives tropicales. Les éclairs n'en finissent plus

---

[29] Alcool

de nous surprendre et j'ai du mal à réaliser ce scénario inattendu qui se déroule sous nos yeux. La raison de ma venue me conforte, en pensant qu'on a beau avoir tout l'or du monde, personne n'est aussi riche que ce que la nature veut bien nous montrer. Car dans mes rêves les plus prolifiques, je n'aurais pas su assembler des images et émotions aussi percutantes que ce délicieux danger permanent. Celui de côtoyer de majestueuses ombres disparaissant dans la nuit aspirée par cette obscurité, cette jungle dont je ne souhaite pas me défaire pour l'instant. Pour l'instant, rien n'a plus d'importance, seule compte la vie dans toute sa spontanéité. Ces éléphants vivent dans leur milieu naturel en toute simplicité, en toute liberté. C'est ça qui est beau, c'est ça qui est respectable, moi-même par ce voyage, je cherche à être libre à mon tour.

Après un long silence, je me tourne vers Lani pour lui glisser dans un plissement de cils, ces quelques mots inspirés par cet émerveillement qui m'anime,

– *Lani, you showed me the true spirit of Arugam bay, thank you.*[30]

© Jean-Michel Guiart[31]

[30] Lani, tu m'as montré le véritable esprit d'Arugam Bay, merci.
[31] Auteur et poète kanak.

Kyoto

Carole Naggar
(États-Unis/France)

© Carole Naggar

1.
La ruelle
Lavée par les ombres
Soutras, envolées
Par la fenêtre ouverte,
Bourdonnement d'un essaim d'abeilles.

2.
Érables pourpres
Guerriers blessés

De batailles anciennes
Regard du jardin le lac
Capte le temps aux cils
Des osiers et des joncs.

3.
Gravir la montagne
Vers des bois immenses
De bambous gris
Feu orange des Torii.

4.
Rubans blancs
Pyramides, galets,
Cendre des tablettes de bois inscrites.
Que d'espoirs dans cette ville !

5.
Nageurs des eaux noires, êtes-vous
Nos chers visages fantômes
Mémoires au tain de l'étang ?

6.
Orage sur le magnolia
Cent lèvres mouillées sourient
Dans l'herbe du lendemain.

7.
Quinze questions de pierre, quinze îles
Par-dessus
La vérité du sable.

8.
Jardins de sable, leurs sillons
Labour des cercles du ciel,
Labour des vagues
Labour de l'invisible.

Les cercles concentriques
Répètent
Les ricochets de l'eau à la fontaine.

9.
L'érable a passé
Des gants de mousse
Pour le bal du vent
À Saiho-ji.

10.
Grisaille
Les parapluies ouverts,
Un champ de fleurs,
Automne.

11.
Cris des corbeaux
Bambous géants balancés.
Berceau, une arche de verdure
Enclôt, soutient, soulève.

12.
Vague de sable à l'assaut
Des îles de pierre,
Forêts des mousses.
Échiquier des dieux.

13.
Deux cent une marches de pierres
Trouées, envahies d'herbes
Un livre ancien
Déplié sous
Nos pas.

14.
Un bois ancien que hantent
Les loups et les fées,
Où les arbres penchent
Dans leurs jupes de lierre.

15.
Soir d'automne
Un jardin de sable
Où poussent les pierres.

16.
Ici,
Les choses me regardent.

© Carole Naggar[32]

---

[32] Née en Égypte, vivant entre Paris et New York, Carole Naggar est poète et historienne de la photographie, auteure entre autres de la biographie *Searching for the Light : David Seymour Chim 1911-1956*. Elle vient de publier aux Éditions Petites Allées *Un Mur*, avec une photographie de Saravejo de Sophie Ristelhueber .Son recueil de poèmes *Exils* a été finaliste du Prix Apollinaire Découverte 2022. Son nouveau recueil, *Obscura,* cherche sa place.

L'homme de Nikko

Adama Sissoko

(France/Suède)

© Sandra Encaoua Berrih

Les montagnes de Nikko s'étiraient comme des géants endormis, gardant d'anciens mystères dont les échos résonnaient à travers les vallées. Au cœur de ces montagnes se trouvait le *ryokan*[33] de Sanada-san, un vieil homme discret et bienveillant. Le refuge au toit de chaume semblait emprisonner le temps dans ses poutres vieillies. On murmurait que chaque nuit passée dans ses chambres aux tatamis offrait des révélations.

Kaito-san et Akiko-san, deux esprits aventureux, décidèrent de lever le voile qui enveloppait un mystère vieux de dix ans. Un jeune garçon appelé Hiroshi-kun avait mystérieusement disparu par un après-midi de printemps. Cette énigme restait jusqu'alors irrésolue et personne ne semblait avoir cherché l'enfant. La vie reprit simplement son cours, comme-ci de rien n'était. Akiko-san et Kaito-san se dirigèrent vers le *ryokan* de Sanada-san qui les accueillit chaleureusement. La nuit tomba rapidement en ce début d'automne et le couple d'amis rejoignit la douceur des futons de leur chambre, leurs esprits glissant lentement vers le monde des rêves.

Dès la première nuit, Kaito-san se retrouva plongé dans un rêve étrange. Il se tenait au sommet d'une montagne, entouré de brumes, les étoiles dansant avec une intensité mystique. Une silhouette se dessina au loin, il sentit une présence imprégnée de sagesse.

---

[33] Auberge traditionnelle japonaise

« Kaito-san, chercheur de vérité, » résonna une voix semblant surgir de l'infini, « le passé et le futur se croisent dans les rivières de Nikko. Tes rêves sont des fragments de la toile du destin. Écoute le murmure du vent et suis les étoiles dans leur danse. »

Simultanément, Akiko-san rêva d'un océan de livres sans fin. Chacun racontant une partie de l'histoire d'Hiroshi-kun, de sa naissance aux images de sa vie insouciante d'enfant choyé par ses parents. Enfin, elle vit Hiroshi-kun qui tentait vainement d'ouvrir une porte cachée par des érables.

Au petit matin, les deux amis partagèrent leurs expériences oniriques et conclurent que les éléments de leurs rêves donnaient des indications sur la manière dont l'enfant avait disparu : une rivière, la nuit, des érables et une porte cachée. Il fallait continuer à chercher d'autres indices dans le monde des rêves.

Comme suspendue dans le temps, la journée se déroula sereinement, ponctuée de séances de méditation sous les *momijis*[34] du jardin du *ryokan* et de bains relaxants dans l'*onsen*[35] dont la fumée semblait envoyer des messages vers les montagnes enneigées.

La deuxième nuit, Akiko-san rêva d'un lac miroitant. Des reflets de souvenirs émergèrent à la surface de l'eau. Hiroshi-san flottait dans les airs, inconscient.

[34] Feuilles d'érable teintées de rouge en automne
[35] Bain thermal japonais

À côté de lui, une silhouette éthérée prononça ces mots : « Le nirvana est une question de choix. »

De son côté, Kaito-san plongea dans un rêve étoilé. Hiroshi-kun, se tenant dans la nuit devant une porte en bois cachée par un érable, répétait sans cesse : « J'apporte la paix éternelle. ».

Au matin, Akiko-san et Kaito-san analysèrent une nouvelle fois leurs expériences chimériques. L'enfant avait-il choisi de disparaître ? Les deux explorateurs oniriques en avaient la profonde certitude. Mais pour quelle raison ? Toute la journée, leurs interrogations ne semblaient pouvoir trouver de conclusion satisfaisante. Le voile de la troisième nuit tomba sur Nikko et le *ryokan* de Sanada-san.

Cette nuit, étrangement calme, Akiko-san tomba dans un rêve où elle se retrouva devant la même porte en bois que les nuits précédentes, mais cette fois-ci, elle s'ouvrit. Hiroshi-kun apparut alors sous un halo de lumière. Il observa la jeune femme en souriant puis disparut.

Kaito-san, de son côté, rêva de Sanada-san qui murmura simplement : À demain.

À l'aube du dernier jour de leur séjour, Kaito-san et Akiko-san partagèrent leurs expériences. Aucune réponse ne leur était parvenue. Leur déception était à la hauteur de leurs espoirs. Las, ils décidèrent de se rendre au restaurant du *ryokan* pour prendre le petit-déjeuner. Ils ouvrirent la porte de leur chambre. Sanada-san se tenait devant eux et les pria de le suivre, les conduisant silencieusement vers un sanctuaire au cœur de Nikko. Il s'arrêta devant un arbre.

Les rayons dorés du soleil levant caressaient doucement les feuilles de l'érable, révélant la petite porte en bois à peine visible. Sanada-san se tourna vers Kaito-san et Akiko-san, ses yeux ridés reflétant la sagesse acquise au fil du temps : « Vous avez suivi les étoiles dans leur danse et écouté le murmure du vent. Maintenant, la porte s'ouvre devant vous » déclara Sanada-san d'une voix calme, mais empreinte d'une profonde signification.

Kaito-san et Akiko-san échangèrent un regard troublé se demandant s'ils devaient franchir la porte. Le regard décidé, Akiko-san fit le premier pas, son enquête devait aboutir à des réponses. Kaito-san la suivit, se ressaisissant simultanément.

Alors, ils se retrouvèrent dans un jardin mystique, entouré de fleurs aux couleurs éclatantes. Au centre, apparu la silhouette d'Hiroshi-kun, qui émanait une lueur douce tout en souriant : « J'ai rencontré Sanada-san par un jour de printemps. Lorsqu'il m'a expliqué la raison de son existence, je l'ai trouvé si juste que j'ai souhaité rester avec lui », expliqua-t-il.

Sanada-san, avança devant eux et se présenta ainsi sous sa vraie forme : Jizo-sama. « Tout comme moi, mon compagnon, dont vous étiez à la recherche, a décidé de vivre entre deux mondes et de n'atteindre le nirvana que lorsque l'enfer sera vide. Ainsi, nous resterons sur terre pour guider les humains qui se sont perdus. »

La vérité éclata comme une évidence pour Kaito-san et Akiko-san. Ils réalisèrent que la disparition d'Hiroshi-kun n'était pas une tragédie, mais un acte de compassion et de dévouement envers les autres.

Les amis quittèrent le jardin avec le cœur apaisé, emplis de gratitude envers Jizo-sama et reconnaissants d'avoir résolu le mystère qui pesait sur Nikko. Sanada-san, incarnant la bonté et la sagesse de Jizo-sama, les raccompagna : « Nous nous reverrons à la croisée des mondes, » murmura-t-il, et la porte se referma derrière eux, les ramenant au monde tangible des montagnes de Nikko.

La ville et le *ryokan* de Sanada-san étaient désormais des lieux chargés d'une nouvelle signification profonde, où le divin et l'humain coexistaient harmonieusement.

© Adama Sissoko[36]

[36] Adama Sissoko est née à Nanterre (France) en 1986. Après ses études en école de commerce, elle entame une carrière dans l'hôtellerie de luxe aux États-Unis et en France. Par la suite, elle devient autrice, conférencière et intervenante à l'université Princeton. Aujourd'hui, elle poursuit ses activités depuis la Suède.

Figures de Taï Ji Quan

Frann Bokertoff
(France)

Parer presser
Tirer Repousser
Pan Lu Dji Ann
J'aime
L'âme et les us
Du taï ji quan
Tisser le ciel terre
Tirer la queue du paon
Reculer comme un singe
Ramper comme un serpent
Ouvrir les mains en éventail
Lire le poème
Pêcher à la ligne
Traverser la rivière
Faire avancer la barque
Remettre les oiseaux au nid
Déployer ses ailes comme la grue
Séparer la crinière du cheval sauvage
Mouvoir les mains comme des nuages
Chercher l'aiguille au fond de la mer
Viser le tigre avec l'arc
Former les sept étoiles
Balayer le lotus.

Présidente du jury du concours de Poésie sous l'égide de STOP A L'ISOLEMENT, Frann BOKERTOFF, romancière, nouvelliste et poétesse, est certifiée de Lettres Modernes, membre de la Société des Gens de Lettres et de la Société des Poètes Français, de l'Association des Écrivains Combattants et du Verbe Poaimer. Lauréate d'un prix des nouvelles et de plusieurs prix de poésie, elle vient de publier son dixième roman, *Le 3è Charme,* aux éditions Unicité.

Au pays de mes rêves

Ingrid Recompsat
(Canada)

© Anna Alexis Michel

Je marche dans un parc luxuriant au centre duquel il y a un magnifique temple bordé de sublimes jardins japonais, s'y mélangent pins, bambous, cailloux et bassins remplis de superbes carpes Koï. Quel moment relaxant, paisible et hors du temps durant lequel je réfléchis à mon Ikigai [37] *tout en admirant la floraison des magnifiques Sakuras*[38].

Petit aparté sur l'*Ikigai* : il faut savoir que ce concept trouve son origine sur l'île d'Okinawa, surnommée le « village de la longévité ». Du coup,

[37] Notre raison d'être.
[38] Cerisiers japonais.

comme les habitants de cette île, pour vivre sereinement et en harmonie, nous devons trouver l'équilibre entre les quatre piliers suivants :
Ce que vous aimez,
Ce en quoi vous êtes doués,
Ce dont vous avez besoin,
Et ce pour quoi vous êtes payé.

Après avoir pris le temps d'admirer cette magnifique nature, de méditer sur le sens de ma vie, j'envisage d'aller profiter d'un bon Onsen[39]*, et plus particulièrement de ses sources chaudes très répandues au Japon – certaines se classent juste après celles du Yellowstone, ce parc américain, situé dans l'ouest des États-Unis. Une fois, le bain terminé et après avoir revêtu un Yukata*[40]*, je m'installe confortablement sur la terrasse dans un fauteuil pour savourer un bon thé, en appuyant mon dos contre un coussin en satin sur lequel sont dessinés de beaux sakuras, et tout cela, en admirant l'incroyable et magnifique Mont Fuji*[41].

Une fois détendue et pleine d'énergie, j'ai envie d'aller faire un tour dans l'une des grandes métropoles de ce pays. Pour ce faire, je décide de tester les fameux trains à très grande vitesse : un voyage confortable dans un train lancé à plus de trois cents kilomètres par heure !

Me voilà arrivée à Kyoto, en un temps record, sans avoir pu apprécier les différents paysages japonais ! Je lève les yeux et admire ce centre-ville qui me fait penser aux grandes villes nord-américaines. Je décide de me promener sans destination précise, et de voir où cela va me mener... Au fil de ma balade, je me retrouve dans le « Japon ancien » avec ses temples, ses sanctuaires et

[39] Établissement de bain.
[40] Une sorte de kimono japonais que les hôtels et spa fournissent à leurs clients.
[41] Qui est le point culminant du japon – 3776m.

maisons en bois... C'est tout simplement magique, je m'extasie devant tout ce que je vois : C'est un autre monde !

Perdue dans mes pensées, mon estomac me ramène à la réalité en gargouillant : j'ai faim !

Je balaie des yeux les alentours à la recherche d'un petit restaurant où je pourrais savourer un succulent repas accompagné d'un bon thé pour me réchauffer, car même si le printemps est là, il fait encore frais en fin de journée. Par chance, j'aperçois une femme d'un certain âge, en habit traditionnel japonais avec un petit colis contenant a priori un repas. Elle sort d'un endroit qui n'a même pas d'enseigne, mais qui attire ma curiosité. Je vois, d'ailleurs, plusieurs autres personnes y rentrer : je tente donc ma chance et me dirige vers cette place au combien mystérieuse...

Je fais coulisser la porte et découvre un magnifique restaurant traditionnel japonais : le destin m'a amenée jusqu'ici – merci !

La jeune serveuse s'approche de moi et me demande si je veux m'installer à une table. Je lui réponds : « oui, volontiers et je souhaiterais voir la carte, s'il vous plaît » dans un japonais parfait - étrange, je ne me souviens pas où et quand j'ai appris cette langue -. Je m'installe et elle m'explique que c'est le chef qui nous prépare le repas : pas de carte – c'est une surprise ! J'adore l'idée. J'ai hâte de découvrir ce qu'il va me préparer. En attendant, je savoure le thé bien chaud qu'elle vient juste de déposer sur ma table – c'est un genmaicha, un thé contenant du riz soufflé : que ça fait du bien de sentir ce liquide chaud dans ma gorge !

Le temps que je déguste ce thé en observant les autres convives, la jeune femme m'apporte un plateau rempli de mets qui ont l'air délicieux : des gyozas, deux brochettes de bœuf avec du fromage à l'intérieur, de magnifiques sushis de thon et saumon, du riz... Je la remercie et me dis que je vais me régaler, en croquant une première bouchée d'un des gyozas.

Au même moment, j'entends au loin un bruit sourd qui attire mon attention, comme une sonnerie qui s'intensifie de plus en plus...

JE ME RÉVEILLE …

Malheureusement, ce n'était qu'un rêve, mais si joli que je me promets d'en faire une réalité !

Ce rêve m'a donné envie de lire *Le restaurant des recettes oubliées* de Hisashi Kashiwai qui fût pour moi une révélation : j'aime ce mélange entre douceur, écriture simple sans fioriture et profondes émotions qui nous amènent à mieux nous comprendre.

Il regroupe plusieurs histoires de personnes très différentes qui, grâce aux talents culinaires du propriétaire du restaurant, vont pouvoir savourer un repas qu'elles rêvent de manger à nouveau - le plat préféré de leur enfance ou encore, un plat qui leur rappelle leur conjoint décédé… Ce qui leur mettra du baume au cœur ou les aidera à comprendre quelque chose et à avancer dans leur vie. Un peu l'équivalent de la madeleine de Proust.

En lisant, ces lignes, je suis persuadée que vous êtes déjà en train de penser à la vôtre, et au plat que vous aimeriez savourer à nouveau…

Si toute ma famille rêve du Japon, c'est notre fille qui nous a donné l'envie d'en découvrir la culture. Elle apprend d'ailleurs le japonais depuis quelques mois et comme ma curiosité pour ce beau pays grandit, je me renseigne : ce pays est fascinant, car ses apparentes contradictions donnent une impression d'harmonie. En effet, le modernisme des grandes villes s'oppose aux paysages d'un autre temps dans les campagnes, la rigueur dans la vie professionnelle dans la journée contraste avec le lâcher-prise dans l'extravagance de la nuit.

Et même si la société japonaise a beaucoup de normes, de règles - comme les différentes façons de dire bonjour en fonction de la situation première rencontre, dire bonjour à un ou une inconnue, dire bonjour à ses amis... -, au-delà de cette rigidité, se cache une société très spirituelle. Qu'on pense au rituel pour enlever le mauvais sort ou aux offrandes aux dragons....

Cette recherche de l'équilibre parfait entre rigueur, sérieux, magie et légèreté est fascinant.

À l'image de l'art floral japonais Ikebana qui, pour mon esprit créatif qui part un peu dans tous les sens, me paraît très compliqué : tout a une règle, une mise en place bien précise et une signification. Toute chose, toute action a une signification dans ce beau pays.

でわまた
À la prochaine
© Ingrid Recompsat[42]

[42] Maman de deux enfants atypiques, elle a créé son blog après le diagnostic de sa fille car elle avait besoin de partager avec d'autres parents d'enfants différents. Écrire sur ce blog lui a permis de découvrir sa voie : L'écriture !

Nous irons au Népal

Magali Breton
(France)

Un beau jour, tu verras, nous irons au Népal,
Fêter à Katmandou le sacre des lumières.
Nous nous enivrerons des parfums de Santal.
Notre amour renaîtra dans la chaleur des pierres.

Un beau jour, tu verras, nous irons au Népal,
Vénérer le Bouddha, célébrer sa naissance.
Nous nous recueillerons en son temple ancestral.
Notre amour vibrera jusqu'au creux du silence.

Un beau jour, tu verras, nous irons au Népal,
Braver l'Himalaya dans une joie profonde.
Nous nous embrasserons sous une pluie d'étoiles.
Notre amour brillera bien au-delà du monde.

Un beau jour, tu verras, nous irons au Népal,
Danser sur la splendeur des neiges éternelles.
Nous nous perdrons là-bas, par les monts de cristal.
Notre amour régnera sur nos cœurs immortels.

© Magali Breton[43]

[43] 1er prix Europoésie Unicef 2022
Grand Prix Académie Littéraire et Artistique École de la Loire 2023
Grand Prix poésie amoureuse - Société des Poètes et Artistes de France 2023

Séjour dans un ashram

Florence Jouniaux
(France)

Tapasvee Ashram, Koylaghat,
Le 3 octobre (mois d'*Ashin* ici) 2023,

Ma chère Léa,

Voici cinq jours que je suis arrivée dans cet ashram au sud-est de New-Delhi. Je t'avais promis de te donner des nouvelles et je renoue ainsi avec la tradition épistolaire, car j'ai délibérément laissé mon ordinateur chez moi. Quant à mon téléphone portable, il ne m'est guère utile, étant donné qu'il n'y a pas de réseau ici, ce qui est logique dans une retraite. La pointe de mon stylo glissant sur cette page me procure un plaisir presque charnel.

Donc, après un long voyage en avion jusqu'à Lucknow, j'ai pris le bus jusqu'à Kanpur, puis un *tuk-tuk*[44], qui m'a conduite à l'ashram, situé au bord du Gange. J'étais épuisée en ce début de soirée ! Mais j'ai dû prendre connaissance des règles de vie indiquées dans un petit livret en français, des horaires notamment, et du planning. Je ne te cache pas qu'à la vue de ma chambre - j'en ai choisi une individuelle, pas une à trois, même si c'était moins cher…-, j'ai failli repartir. Imagine-toi quatre murs de béton, un petit matelas sur un lit en fer et, pour me laver, un seau au

[44] Dans le Sud-Est asiatique, alternative moderne des pousse-pousse et cyclo-pousse.

pied des toilettes… On ne peut plus spartiate, mais je n'ai même pas le droit de t'envoyer une photo.

Je me suis changée - tunique et pantalon blancs, ainsi qu'une étole sur la tête, appelée *dupatta*, comme préconisé sur le site où j'ai réservé - pour me rendre au réfectoire, divisé en deux : le côté occidental où l'on te sert de la nourriture végétarienne, et le côté indien qui te propose gratuitement un repas traditionnel, légumes et riz. J'ai testé. J'avoue que c'est assez fade. Un Français m'a conseillé d'y ajouter du yaourt et de la spiruline, en précisant que je pourrais m'en procurer demain dans la boutique bio, à petit prix. « Et au super Market, a-t-il ajouté, vous trouverez à peu près tout le nécessaire. N'oubliez pas d'acheter une tasse en fer et d'avoir toujours une provision d'eau. » Je l'ai remercié et j'ai fait le tour des lieux.

Tout cela m'a menée à me coucher peu avant minuit. Et j'ai dû me lever à cinq heures trente, car le thé est servi à six heures trente, après la prière au temple. Tu imagines combien cela m'a été difficile, moi qui aime tant dormir le matin ! Tu dois te dire que je suis masochiste… Mais j'ai apprécié de voir le soleil nimber de ses rayons la campagne environnante et le fleuve sacré. Au bout de cinq jours, je commence à prendre le rythme et je trouve ici un certain apaisement et une douceur de vivre. Quant aux températures, elles avoisinent les vingt-huit degrés, ce qui me va parfaitement.

Après le thé, la journée est rythmée en fonction de la présence du guru, des moments de prière, de méditation, des cours de yoga et des *bajhan* qui sont les chants dévotionnels qu'il chante le mercredi soir à l'attention de toutes les personnes présentes à l'ashram. Le but de chacun est de recevoir le darshan, qui signifie « vision divine » de la part du guru : une bénédiction et un partage d'amour, considérés comme un trésor aussi rare qu'exceptionnel. Pour cela, il faut s'inscrire et obtenir un jeton nommé *token*. Les nouveaux étant privilégiés, j'ai pu approcher le guru et j'ai reçu le *darshan*[45]. Tu ne me croiras peut-être pas, mais j'ai ressenti comme une bouffée de chaleur. Je me suis sentie… aimée. C'est vraiment une expérience singulière. J'ai regretté seulement de ne pas lui avoir posé de question sur ma vie, mon avenir. Je n'y avais pas vraiment réfléchi…

C'est pourquoi je t'annonce que j'ai décidé de prolonger mon séjour ici d'une semaine pour tenter ma chance une seconde fois, mais aussi parce que la fête de Durga Puja, vient de commencer : elle se déroule généralement du sixième au quatorzième jour de la croissance de la lune du mois de *Ashin* (sur septembre-octobre). Elle est divisée en groupes de trois jours d'adoration, durant lesquels les fidèles recherchent la bénédiction des trois aspects de l'énergie féminine divine, d'où les neuf jours de célébration. C'est une période d'introspection et de purification, et traditionnellement une époque propice au lancement de nouvelles entreprises. Les Indiens rendent grâce à la Déesse Mère sous ses différentes formes. Je suis

[45] Darshan (sanskrit IAST ; devanāgarī : दर्शन, « vue, vision ») terme de l'hindouisme qui signifie « vision du divin ».

impressionnée par la ferveur dont ils font preuve, et par leur jeûne pour se laver de toute impureté. On m'a expliqué que le dixième jour (Vijayadasmi) de Navaratri, on célèbre *Dussehra* « Victoire du dixième jour », lors de laquelle une effigie de Râvana, représenté avec dix têtes et vingt bras, est brûlée pour célébrer la victoire du bien (représenté par Râma) sur le mal. J'ai hâte de voir ça.

Outre les prières et méditation, je participe à la vie quotidienne de l'ashram, en effectuant des SEVA, services rendus à la communauté, sur la base du volontariat, mais il est préconisé d'effectuer deux heures par jour, au minimum. Tu peux t'enregistrer au bureau SEVA après ton arrivée à l'ashram pour connaître le planning et organiser ton emploi du temps avec la personne responsable. J'ai eu du mal à me plier à cette rigueur ! Les deux premiers jours, je ne m'étais pas inscrite et on me l'a fait remarquer, avec un air désapprobateur. En quoi consistent ces tâches, me demanderas-tu ? Tu peux par exemple couper les légumes qui vont servir à la cuisine du restaurant, laver la vaisselle, nettoyer les salles de massage, trier les affaires récupérées pour le magasin de seconde main, nettoyer les graines de *rudrashka*[46] récoltées à l'ashram avant d'être vendues. Mais le mieux, ce sont les « SEVA privilégiés », qui consistent à assister le guru durant la cérémonie du *darshan*. Tu interviens sur la scène, de sorte qu'il est considéré que tu profites à ce moment de l'aura du guru et de son énergie.

46 Graine du cerisier bleu (Eliocarpus ganitrus) symbole de protection contre les énergies négatives.

Tu sais mon goût pour les langues, alors tu ne seras pas étonnée que je commence à parler l'hindi, que j'avais commencé à étudier avant mon départ. Cela me facilite grandement les choses auprès du personnel, mais surtout lors de mes promenades quotidiennes dans la campagne alentour, même si le swami - notre maître de yoga et guide spirituel - n'encourage pas les sorties. Mais tu me connais, je suis avide de découvrir les mœurs des villageois. Les plus pauvres habitent des maisons de torchis au toit de chaume, avec parfois une seule pièce en dehors de la cuisine où se trouve le foyer et où l'on garde les dieux de la famille, un peu comme les Lares et les Pénates chez les Romains. Au dehors, ils ont souvent une véranda, devant et derrière, mais aussi un abri pour ce qui constitue leur plus grande richesse : quelques poules pour les œufs, une chèvre et parfois une bufflonne, qui leur permettent d'être auto-suffisants pour le lait, m'a expliqué un employé de l'ashram. Concernant les animaux, tu sais peut-être que la vache est un animal propitiatoire, associé au monde céleste, tandis que le buffle est vu comme un animal malfaisant, associé au monde des enfers, car dans la mythologie, Yama, le dieu de la Mort, se sert d'un buffle comme monture. De la même façon, le démon Mahisha prend l'apparence d'un buffle avant d'être tué par la déesse Kali. À propos de dieux et de coutumes, il est d'usage, au moment de la mousson, de danser avec des grelots aux pieds, pour réveiller Narandeva, le dieu de la pluie. Et comme j'adore tout ce qui touche à la mythologie, j'ai aussi beaucoup apprécié qu'à la fin d'une séance, le swami nous conte une légende du

Mahabharata qui narre la confrontation de l'Amour et de la Mort, au terme de laquelle la princesse Savitri arrache son époux à la mort, un peu comme Orphée arrache Eurydice aux Enfers.

Maintenant, je dois te décrire le paysage : imagine d'un côté le long serpent du Gange, où j'ai vu des femmes se baigner, revêtues d'une longue robe. On est loin des bikinis européens, ici ! Je les plains, car ce n'est pas pratique du tout ! Quant à moi, son eau trouble ne me tente pas franchement, d'autant que les lavandières y lavent leur linge… Tu n'ignores pas que ce fleuve est sacré, et beaucoup d'Indiens marchent jusqu'à sa source, la *Rishikesh*, en quête de leur propre source divine. Ces pèlerins qui mendient leur pain tout en cherchant l'illumination sont des milliers, m'a-t-on dit.

Et de l'autre, tu vois des rizières à perte de vue, rectangles soigneusement tracés, séparés de petits talus qui sont aussi des chemins. Avec la farine de riz, les femmes fabriquent des *bhakris,* pains plats et ronds. Les arbres qui dominent sont les palmiers à huile, auxquels sont suspendus des pots qui recueillent leur sève dont on fera le vin de toddy.

Enfin, pour terminer cette longue lettre, il faut que je te parle d'un sujet qui me révolte, lié aux castes dans ce pays. As-tu déjà entendu parler des intouchables ? On les appelle les *Dalits*, les hors-caste. Les brahmanes ont formulé des lois sacrées selon lesquelles cette hiérarchisation traduit la volonté de Dieu. Ainsi, ils sont considérés comme impurs. Ils ont donc été obligés de l'accepter et de se soumettre à la domination des gens des castes, malgré la Constitution indienne qui a aboli les pratiques d'intouchabilité depuis 1950.

Car c'est du fait de leur naissance que les intouchables sont voués à des tâches impures, comme le ramassage des déchets ou des excréments et l'enterrement des morts. Ils sont destinés à travailler comme balayeurs, éboueurs, bouviers, vidangeurs, fossoyeurs, équarrisseurs, tanneurs, tambourineurs, cordonniers, blanchisseurs, barbiers… S'ils peuvent désormais circuler librement en ville, ils ont longtemps été contraints de vivre hors des villages, d'être les serviteurs et les esclaves des gens des hautes et basses castes. Ils n'ont même pas le droit de posséder de terre agricole alors qu'ils sont travailleurs agricoles. Encore maintenant, dans les zones rurales de certains États de l'Inde, on leur interdit de construire des maisons, d'utiliser des batteries de cuisine en cuivre, de porter des chaussures et des chemises, d'aller à l'école - ce qui explique que la plupart sont analphabètes -, d'entrer dans les temples, les restaurants et les cafés, de puiser de l'eau dans les lieux publics, de circuler dans les rues où demeurent des membres des hautes castes, de répondre aux appels d'offre, de se plaindre aux postes de police contre les exactions commises par des représentants des hautes et des basses castes. Quant aux femmes, elles n'ont pas le droit de se couvrir la poitrine et les épaules, ni de porter des bijoux, ni de se baigner n'importe où. Elles doivent trouver un endroit à l'écart, où personne ne les voit…

Si je t'en parle, c'est que lors de mes déambulations, je suis tombée sur une construction misérable, isolée du reste. Une vieille femme était assise là, et à côté d'elle, une plus jeune, avec un bébé dans les bras. Leur maigreur m'a frappée. À mon approche, elles sont rentrées précipitamment. J'ai fait demi-tour, troublée et le cœur serré. Une fois revenue à l'ashram, j'ai posé des questions. Les mines se sont fermées et on m'a même dit de me mêler de mes affaires. Tu penses bien que cette attitude a provoqué l'effet inverse, et je n'ai eu de cesse avant d'avoir satisfait ma curiosité. C'est finalement un Anglais d'un certain âge qui m'a éclairée : voilà vingt ans qu'il vient régulièrement en Inde et il connaît bien le sujet. *Chez les Dalits, naître femme est presque une malédiction, car la plupart vivent recluses et sont mariées jeunes pour servir leur mari*, a-t-il conclu.

Voilà qui fait froid dans le dos et je mesure la chance que nous avons de vivre en France.

J'espère que cette missive te trouvera en pleine forme. Je t'en enverrai une deuxième la semaine prochaine.

Je t'embrasse fort. Prends soin de toi.

Ton amie, Garance.

© Florence Jouniaux[47]

[47] Professeure de lettres classiques et amoureuse des mots, Florence Jouniaux écrit depuis 2008. Inspirée un soir par une muse, elle a publié une trentaine de romans de genres variés – dont 5 à quatre mains – une pièce de théâtre et un recueil de poésie. Elle a participé à plusieurs collectifs d'auteurs (nouvelles et 2 romans à visée caritative) et ambitionne d'être publiée à l'international en traduisant ses romans en anglais.

Mon escale

Gérard Laffargue
(France)

© Raghda Hamzawi

Mon escale, ma nuit de Chine,
Ma fièvre sentimentale de chaleur et de glace,
Des miroirs inventés défilent dans le soir
Et la soie fait un bruit délicieux l'espace
L'espace est un vertige, y sombrer
C'est déjà savourer le goût sucré de l'âme
Trop tôt pour le voyage à peine un tremblement.
Le mécanisme est si neuf,
Si jeune et si fragile.

Il faut lui donner le temps de l'huile et des onguents,
Prendre d'un même aveu le froissement d'un rire
Avec l'extrémité la pointe juste le frôlement
D'un souffle.
Oui, le souffle et ses ordres chuchotés,
Son désordre
Il faut bien dans le jeu
Se battre un peu avec les cartes et s'y perdre de cœur
Ou s'y gagner de pique
Jouir de l'obéissance nacrée d'une lampe impatiente,
Une lampe presque éteinte à la fumée de caramel et d' ambre,
Allez c'est le signal, il faut défaire et puis lacer le merveilleux présent.
Ne pas serrer trop fort, juste en marquer l'envie
Dérober dans la nuit les colliers de la baie
Si l'on manque de corde, il nous faut des reflets.
Délacer puis refaire jusqu'à bout de patience et de soif et d'envie
Tout cet enveloppement de nostalgie

Le navire de la Compagnie des Souvenirs d'Asie
Est déjà prêt
Ma mémoire abandonnée traîne toute seule
Sur le quai.

© Gérard Laffargue[48]

---

[48] Auteur du recueil *HAÏKULOGY* préfacé par Catherine Césarsky et de *Paysages Perdus*, poèmes avec des Encres de Raghda Hamzawi. Éditions Le Livre d'Art.

Bombay-Madras (Mumbai-Chennai)

Nouvelle

Catherine C. Laurent
(France)

Cette année-là, je prenais le train entre Bombay et Madras. J'étais seul. Ma femme venait de me quitter, me laissant dérouté, mais en fin de compte, nullement inquiet. Elle n'avait pas supporté l'Inde. Au début, oui, la nouveauté l'avait séduite, mais cette nouveauté trop forte, trop prenante l'avait usée. C'était un changement qu'elle n'avait pas désiré, il n'était pas venu d'elle ; elle ne pouvait donc pas se nourrir de cette nouveauté. Avant le départ, elle avait vécu ce projet dans l'inquiétude. Puis les mois qui avaient suivi, dans l'euphorie. Ensuite, une fois sur place dans le pays, étaient venus l'écœurement, la fatigue, l'exaspération et le rejet total. Elle n'avait pas compris l'Inde. Mais en fait, que comprendre ici ? Se comprendre, comprendre pourquoi on y vient, on y reste, on s'en va. Oui, pourquoi ?

Moi, je ne m'étais jamais posé la question. L'Inde était venue dans ma vie comme une évidence. Même pas une recherche ou un besoin. Non, comme une évidence. Sans violence, sans à-coups, un jour était venu pour moi le temps de l'Inde. Et personne n'aurait pu prévoir ce destin-là, avant qu'un jour, assis dans le métro, une fin d'octobre, je me dise soudain : « Je vais tout quitter, je dois aller en Inde ».

Avais-je vu une affiche publicitaire, m'avait-on parlé d'un récent voyage ? Impossible de me souvenir. Ça n'avait rien à voir avec de telles circonstances. C'était en moi, c'était comme ça. Quand je suis arrivé à ma station de métro, j'avais pris ma décision, et je me sentais tout drôle. Tout avait déjà changé en moi, mes vêtements étaient plus légers, ma tête me portait comme un ballon dirigeable. Je ne me souviens plus si j'ai bousculé des gens, si des gens m'ont heurté. J'étais autre et pourtant, j'étais le même. J'étais cet homme sérieux et fade, en costume-cravate, menant une vie sage et classique, rangée et propre, ni riche ni pauvre, à l'abri de tout et surtout de moi-même. Ma femme était comme moi, même modèle, même monde, nous ressemblions sûrement à d'autres, ceux qui nous étaient proches, nos amis, nos relations. Nous parlions des mêmes choses, des week-ends à venir, des vacances à réserver, du travail, des journaux, de la télévision. Peut-être quelquefois échangions-nous des conversations plus privées, plus intimes. Peut-être. Je ne m'en souviens pas. La seule chose qui nous différenciait des autres, c'était une absence de sentiment de supériorité. Nous étions simples en fait, simples et sans trop de préjugés. Une question d'éducation sûrement. Mais c'était un bon point cependant. Et aussi, nous n'avions pas d'enfant. Pas par réel manque d'envie, mais par habitude, par confort, et parce qu'y penser aurait déjà été un grand changement dans le cours rectiligne de nos vies. Bref, nous vivions. Dire que j'étais heureux, ce serait beaucoup dire. En tout cas, je n'étais en rien malheureux, je n'avais à me plaindre de rien, tout me satisfaisait largement.

Je ne voudrais pas qu'on croie que l'Inde est venue en moi par manque ou par mal-être. Non, j'étais bien. Tout était simple. La vie était telle qu'elle devait être pour moi. De plus, rien dans ma famille ne me destinait à ce choix soudain et extrême. Pas d'arrière-grand-oncle globe-trotter, explorateur ou navigateur, pas de maman frustrée me gavant d'atlas et d'histoires de lion dans la savane. Non, j'ai beau chercher, faire un retour sur ma vie, rien. Et ce fut d'autant plus rapide et merveilleux que je ne m'y attendais pas du tout, que ce n'était pas une conquête ni une victoire. Ça arrivait. C'était la seule chose que je pouvais constater.

Dans ce train qui me menait à Madras, je pensais à cette étrange et belle chose qu'est le destin. Nous ignorons tout de notre histoire à venir, n'est-ce pas, c'est cela qui en fait le prix : savoir que demain sera semblable à hier et que c'est rassurant, savoir aussi que tout peut arriver, qu'on est capable de tout et que nous ne savons rien des êtres que nous allons rencontrer et aimer. J'en étais là de mes réflexions lorsque je m'aperçus que le paysage dehors changeait. Nous avions dû encore traverser un État et le sud approchait : nous pénétrions dans le Tamil Nadu. C'était la première fois que je venais de ce côté de l'Inde, un ami m'attendait à Madras. Il m'avait écrit : « Tu verras, nous marcherons tard le soir dans les rues, nous nous perdrons, nous serons fatigués, les pieds usés, mais tu connaîtras mieux encore l'Inde et ses senteurs. Nous sillonnerons les rues de la ville et tu connaîtras toutes les couleurs de ce pays. Tu entreras en lui et il t'aimera. C'est ici que tu passeras vraiment de l'autre côté de ton corps d'Occidental, en usant tes semelles dans les rues de Madras. Tu sentiras le vent du soir à travers les fenêtres ouvertes de l'hôtel et les nuits te sembleront bien bruyantes. Mais tu aimeras Madras. Tu aimeras le sud de l'Inde, bien avant de découvrir l'océan Indien, la campagne verdira et verdira encore. Après l'aridité et la tristesse du centre, viendront les verts clairs éclatants, les jaunes, les rouges. Tu verras naître sur un sol de plus en plus fertile de grands palmiers et des arbres dont tu ignores encore le nom. Je sais que tu aimes déjà l'Inde. Bombay t'a transformé, mais ici, c'est autre chose. Chaque ville de l'Inde, c'est autre chose, un autre monde, une autre vie. Bombay est belle, majestueuse et dure dans ces beaux quartiers, sordide partout ailleurs. Madras est douce et chaude. C'est une ville où l'on fait asseoir les femmes dans les bus, où il est inconcevable qu'elles restent debout. C'est une ville où l'on mange bien, une ville où l'on se perd, mais qui ne fait pas peur. Une ville où le corps se découvre et s'ouvre, une ville où l'on danse. Une ville qui mène aux temples. Un chapelet de temples. Et c'est après Madras qu'il y a Pondichéry. Si tu as du temps, nous irons jusque là-bas. C'est encore autre chose. Mais tu y perdras la hantise des mendiants qui s'accrochent à toi, tu oublieras un peu les regards noirs et vides de la misère. Tu reprendras ton souffle ».

Il ne s'était pas trompé. Comme le train roulait et pénétrait plus avant dans ces terres de couleur et de lumière, je me sentais pris d'une grande allégresse, d'un immense désir pour ce pays étrange. Et ce que j'apercevais à travers les barreaux des fenêtres du train laissait présager de nombreuses surprises. Je percevais en moi de petites vagues électriques. Les digues de l'ancienne indifférence étaient prêtes à se rompre, à déverser en moi un flot ininterrompu de joie et d'émotions. J'allais petit à petit vers cet enfant que j'avais oublié, abandonné sur le chemin de l'âge adulte. Comment avais-je pu vivre si loin des rives du rêve ? Et c'était si vieux en moi cette émotion, qu'il me semblait qu'elle ne m'appartenait pas. Je repensais à ma femme. Elle n'avait pas pu, pas su se laisser transformer et surtout, elle n'avait pas compris que le visage et le corps de son homme puissent changer, se modifier jusqu'à devenir totalement étranger. Elle était venue, elle m'avait suivi, car en son for intérieur, elle avait bien senti que cette histoire se déroulait sans elle, que cette histoire sortait de notre vie commune, et que le seul moyen de ne pas perdre pied était de faire semblant, comme on joue à un jeu. Qu'était-elle devenue dans ce jeu ? Un être brisé, choqué par tant de différences, un être au bord de l'abîme de n'avoir pas compris, d'avoir échoué, d'avoir essayé alors que, dès le départ, elle se savait battue, dépassée, volée. Ce pays lui avait pris sa vraie vie, ses douces habitudes, ses innombrables illusions. Elle avait été pathétique et je la remerciais d'avoir composé tous ces derniers mois avec l'inconcevable. Je l'aimais plus encore pour ces limites en elle qu'elle avait tenté de franchir. C'était l'autre moi-même, celui d'avant, qui aimait cette femme-là.

L'homme de maintenant, celui qui voyageait dans ce train qui le menait vers les côtes de l'océan Indien, cet homme-là n'aimait plus rien de cette ancienne vie.

Un jour, elle avait pris son courage à deux mains, et je sais que ça lui avait coûté, pour m'annoncer qu'elle rentrait, qu'elle repartait en France. Elle n'avait pas pleuré, moi non plus, nous nous étions regardés bêtement. Je l'avais aidée à préparer son départ, et à aucun moment elle ne m'avait demandé si je la suivrais. Je crois qu'elle savait que plus rien ne me rattachait au passé. C'est sûrement au moment où elle avait réalisé cela, que sa décision de rentrer avait été prise. Il y avait tellement de force dans nos deux destinées qui se séparaient, qu'il aurait été stupide de lutter plus longtemps, et la pauvre avait perdu tellement de dignité à essayer de la garder à tout prix qu'il ne fallait surtout rien ajouter de plus.

Je ne dis pas que son départ me laissa indifférent, non, loin de là. Je ne fus ni triste ni gai, mais ce fut comme une grande libération. Je n'avais pourtant pas souhaité la rupture. Mais c'était ainsi et c'était bien. J'allais pouvoir, je le sentis au moment où son avion décollait, intégrer totalement et pleinement ma vie indienne, compléter ma transformation, laisser partir loin de moi ces bribes de chair qui me restaient encore de mon ancienne identité.

Comme me l'avait promis mon ami, à Madras, nous marchâmes et marchâmes encore, à n'en plus pouvoir, à nous régaler du spectacle de la rue et des mille visages que nous croisions. C'était magique.

C'était une quête sans objet. Nous savions que, forcément, pourtant, quelque chose allait en ressortir. L'épuisement de soi dans la marche, le sentiment de se vider de sa vie propre et d'entrer dans la Vie, la grande vie du monde. Être tellement fatigué que plus rien d'autre n'existe que la plante de ses pieds, quelle étrange chose ! Je me souvenais avoir entendu raconter par des amis que lorsqu'ils étaient jeunes, ils arpentaient les rues de Paris des jours durant, des nuits durant, et qu'ils en ressentaient une grande euphorie. Épuisaient-ils leur être, comme moi j'étais en train de le faire, ou bien apprenaient-ils juste la vie, le sentiment puissant d'être jeune qu'on éprouve lorsque la vie est grande ouverte devant soi ? Je ne sais pas, je ne l'ai jamais fait alors, je n'ai pas pris le temps lorsqu'il en était temps, je n'en ai alors surtout pas éprouvé l'envie. Mais je pense finalement que cette folle marche de jeunesse n'a rien à voir avec ce que j'étais en train de découvrir. Je déposais sur les trottoirs poussiéreux de l'Inde du Sud ce qu'il me restait de mon corps d'Occidental, les forces de la terre indienne montaient en moi pour me faire devenir celui que je devais devenir. Il s'agissait d'une alchimie profonde qui transmuait toutes mes cellules. Et au fur et à mesure des heures et des kilomètres, je sentais réellement ce qui se passait en profondeur sous ma peau. J'étais à l'écoute de cette ébullition du sang, de cette électrisation des fibres nerveuses ; un immense bien-être m'envahissait avec la sensation d'une douce chaleur qui montait de la base de mon être. Et mon ami, dans son silence, voyait et comprenait. Il était heureux d'être l'auteur en quelque sorte d'un tel phénomène. Il avait senti, je suppose, que j'étais l'homme d'une telle transformation, il avait attendu le moment propice pour me faire venir et il avait réussi. Tout autour de moi les couleurs du monde et de la vie changeaient. C'était un voile qui tombait et qui offrait à ma conscience une réalité tout autre.

J'avais aussi conscience que le réel travail de « mutation » avait débuté dans ce train Bombay-Madras, durant ces heures de réflexion sans objet que m'offrait le paysage morne, ces heures où je faisais le bilan d'un passé déjà lointain, balayé par ses mois vécus à Bombay. Bombay avait été le révélateur, là où j'avais compris le pourquoi de ce brouillard qui m'avait envahi ce soir d'automne dans le métro parisien. De loin, l'Inde était venue me chercher en France, et à partir du moment où la rencontre s'était produite, je n'avais plus pu réfléchir, raisonner ; j'avais alors vendu mes biens et quitté mon travail pour une mutation que je n'avais pas eu de mal à obtenir. Tout s'était fait en dehors de moi, comme mû par une logique extraordinairement évidente.

Pourtant, le contact avec Bombay, mon premier avec l'Inde, n'avait pas été facile : l'arrivée à l'aéroport, tous ces mendiants se collant au moindre touriste, cette pauvreté déjà présente sans avoir franchi réellement la ligne d'arrivée de ce nouveau monde… et que dire du choc du trajet de l'aéroport au centre de la ville, que dire de ce spectacle des antichambres de l'enfer, difficile à voir, difficile à croire même vu, en face de soi, tout autour, à perte de conscience, cette misère, tant décriée en occident, tellement incomprise ? J'étais venu la comprendre. Et je n'en savais rien à Paris lorsque j'avais décidé ce voyage. Où aurais-je trouvé la place dans mon ancienne vie pour penser à la misère de l'Inde ? Alors, traversant cette horde dévêtue, sans presque allure humaine, brun et gris, sans dissociation d'avec la terre sale qu'elle foulait, je cherchais ce qui avait bien pu faire naître ce déclic en moi, ce soir-là de métro parisien. Mais rien, aucun indice ne me venait. Je ne savais pas. Avec la mentalité européenne que j'avais encore alors, je cherchais une explication rationnelle, logique, à un comportement totalement dénué de logique et de bon sens.

Plus tard, beaucoup plus tard, lorsque l'Inde m'aurait totalement envahi et que je ne saurais plus raisonner autrement qu'en Oriental, je saurais que c'était le destin, juste mon destin, qui m'avait amené là, tout à coup, pour accomplir ma vie d'homme, qui prenait là-bas, en Europe, un si mauvais chemin. J'étais, sur les voies du métro, en train d'égarer le sens de ma vie. Cette vie était conforme à l'idée que l'on se fait, là-bas, de la vie. De m'être trop égaré, d'avoir atteint le bout de ma route d'Occidental, soudain, la lumière était venue, sans prévenir. La route de Madras, le long chemin de la plaine aride vers les riches rizières du Sud, vers les odeurs enivrantes des mille fleurs du Tamil Nadu.

© Catherine C. Laurent[49]

---

[49] Après des études de littérature à Aix-en-Provence, elle s'est installée ensuite à St-Pierre-et-Miquelon où elle a travaillé à la Radio. Elle est arrivée en Nouvelle-Calédonie en 1993 où elle a enseigné, et écrit. De retour à Paris, elle poursuit l'écriture : romans, poésie, théâtre, essais mais aussi livres jeunesse. Son projet est de retourner vivre et écrire dans le Pacifique.

Le continent de l'amour

Nour Cadour

(France/Syrie)

© Nour Cadour

J'ai rencontré mon amour
Dans les extrémités de l'aube
A l'orée du soleil brûlant de Kuala Lumpur

J'ai déposé son souffle
Dans mes mains,
Comme un refuge écaillé
Dans la respiration de nos corps mêlés.

J'ai marché, longtemps,
Pour cueillir chaque fleur des cerisiers
Comme si c'était son visage
Perdu dans les gratte-ciel et les rues
Ayant seulement son odeur pour adresse.

Le vent s'est glissé
Dans les feuilles des moments partagés ensemble ;
Jalousement,
Il nous a dévisagés.

Alors nous nous sommes refugiés
Dans le ventre de la mer
À Penang
Pour calligraphier l'instant sur nos langues

Les vagues ont déversé chaque ourlet de la vie
Sur nos corps
Imprégnés de sel

Durant la traversée
Nous nous sommes assoupis sur le continent de
l'amour
Nos yeux ne faisant qu'un avec l'horizon
Aux paupières d'écume

J'ai dérobé les reflets de la lune
Pour les tapisser dans ses cheveux
J'ai cueilli les hibiscus
Pour les déposer dans les passerelles de son cœur

J'ai respiré chaque goutte de lumière
Que son âme absorbe

Marin des sentiments
Ayant pour seule boussole
L'amour sous mes pas.

© Nour Cadour[50]

[50] Peintre, romancière et poétesse franco-syrienne, Nour CADOUR est née en 1990 en Lozère et réside à Montpellier. Son premier roman « *L'âme du luthier* » est publié chez Hello Éditions en février 2022 et son premier recueil de poèmes « *Larmes de lune* » (lauréat du prix Jacques Raphaël-Leygues de la Société des Poètes Français en 2021 et de la fondation Saint-John Perse en 2022) chez L'Appeau'Strophe Éditions en septembre 2022. Un second recueil « *Le silence pour son* » est paru en janvier 2023 aux éditions « L'échappée belle ».

À la recherche du sens perdu

Vanina Joulin-Batejat
(États-Unis)

© Pom Ehrentrant – Visages des Philippines

Maman,

Je t'écris de l'aéroport de Manille. Trois heures d'attente. Je serai à Montpellier jeudi à quinze heures cinquante.

Tu ne m'as probablement pas crue lorsque je t'ai dit que je partais en Asie défendre un dossier pour notre cabinet d'avocats. Tu dois certainement te demander ce qui se passe. Ce que je dois te dire est important et c'est pour cela que je dois te l'écrire.

Le 20 janvier dernier, je suis rentrée dans notre appartement rue Ferdinand Duval. Je venais de traverser le quartier de l'Hôtel de Ville. J'ai monté les six étages aussi vite que j'ai pu. Bien que sportive, depuis quelques jours, je montais et je comptais ces soixante-deux marches, chaque jour plus essoufflée. Je me suis précipitée vers la salle de bain et j'ai ouvert le troisième test… La deuxième ligne est apparue rapidement.

J'ai tout de suite appelé Paul, mon ami médecin gynécologue, qui m'a fait passer les tests sanguins le soir même. Le lendemain, il m'a confirmé ce que je savais déjà : ENCEINTE !

– Tu es enceinte d'environ trois semaines. Tu as du temps pour te décider…

Je ne savais plus ce que je devais décider. Je savais simplement qu'il fallait que je prévienne Stan. Tu le connais. Lui qui organise tout à la seconde. Un métronome de la vie… Sans la musique. Et ce n'était pas planifié… Au contraire, je prenais la pilule.

Le soir, il est rentré à l'heure habituelle, a déposé son manteau à l'endroit habituel, a mis son ordinateur sur son bureau comme d'habitude et est arrivé dans la cuisine. J'étais en train de lui préparer des magrets de canard, son repas préféré, espérant au fond de moi que ce bébé serait une merveilleuse nouvelle.

Mais j'en doutais déjà… J'ai eu l'impression qu'il me regardait comme si je le dérangeais. Ça commençait mal. Sans même me dire bonjour, il m'a dit :

– J'ai quelque chose à t'annoncer.

J'ai murmuré :

– Oh…, moi aussi.

– Vas-y alors.

Je le sentais crispé, anxieux d'en finir. J'ai senti la sueur qui coulait le long de ma nuque. J'ai craint un nouveau malaise vagal et je me suis assise. J'ai fini par lui dire :

– Je sais, ce n'était pas prévu, mais… je suis enceinte.

Stan m'a lancé un regard presque haineux, … noir geai. Il réfléchissait manifestement à toute vitesse.

– Tu plaisantes ! Non ! Tu ne plaisantes pas. Tu vas avorter. Je paierai ce qu'il faut. Et puis, je pars à Boston. MIT vient d'accepter le projet dont je t'ai parlé et m'offre une place d'étudiant chercheur. C'est l'une des plus prestigieuses universités aux États-Unis et dans le monde. Une chance inouïe ! Je ne vais pas la laisser passer.

Il voulait payer quoi ? Nous sommes en France et les IVG[51] sont remboursées par l'assurance santé ! Et c'était tout ce qui pouvait le préoccuper ! Ou plutôt une excuse pour ne pas parler de la vraie problématique qui se posait à lui, s'engager et accepter cet enfant.

La rage m'envahissait et tout ce que j'ai réussi à lui dire était :

– Tu te rends compte de ce que tu es en train de me dire. Tu me demandes de tuer notre bébé pour travailler sur un projet de ventre artificiel, justement pour sauver des bébés prématurés. C'est bien cela ? Et moi dans tout cela ? Tu pars ? Je te rappelle que je suis avocate. Je ne peux pas partir comme cela. Et puis, le bébé…

Il m'a regardée droit dans les yeux, son regard était glacial, et m'a lancé cette phrase qui, finalement, m'a permis de prendre ma décision :

– Si tu as fait cet enfant pour t'en servir d'otage et faire pression sur moi, c'est raté !

Je n'ai pu retenir mes larmes. Comment m'étais-je méprise à ce point-là ? La vérité, c'est qu'il remplissait bien la fonction. Sur papier... Nous formions le couple idéal, lui l'ingénieur dans les biotechnologies promu à un grand avenir et moi, l'avocate en pleine ascension. J'ai joué ma vie, maman, et j'ai perdu.

J'ai pris deux valises et je les ai remplies de tout ce que j'ai trouvé. Je lui ai tout de même laissé un mot :

---

[51] Interruption volontaire de grossesse.

« Je ne vais pas t'encombrer. Je pars. Merci de m'adresser le reste de mes affaires chez moi dans le Sud. Tu connais l'adresse. »

Je suis sortie sans vraiment savoir où j'allais et je suis tombée sur le Grand Hôtel Malher, à quelques mètres de chez nous. Il leur restait une chambre. J'ai ensuite réservé un billet pour Montpellier et j'ai pris le premier train le lendemain.

Je sais que tu devais être inquiète, car j'ai vu plein d'appels de ta part, mais je ne pouvais pas parler.

Arrivée à la gare, j'ai pris un Uber. En approchant de la maison, j'ai commencé à sentir un tiraillement qui irradiait dans tout mon bas-ventre. Je me cramponnais au siège et j'ai vu des gouttes de sang. Je suis sortie de la voiture, sans rien dire et me suis précipitée dans les toilettes. Je ne sais pas si c'était mon imagination, mais j'ai eu l'impression d'inonder la cuvette de sang et j'ai aperçu comme une espèce de ver de terre déformé enrobé de caillots de sang. J'avais tellement peur. Je voulais pleurer, mais plus une larme ne sortait.

Finalement, le sang s'est arrêté de couler. J'avais du mal à marcher et j'ai dû ramper jusqu'à mon lit. Je tremblais de tous mes membres. Je crois que j'ai perdu connaissance. Lorsque je me suis réveillée, il faisait nuit noire. Paul m'a pris rendez-vous chez un de ses collègues gynécologues à Montpellier. Il m'a fait une échographie et m'a simplement dit : tout a été expulsé, l'embryon et le placenta. Tout va bien…

Je me suis répété stupidement cette phrase « Tout va bien ». Je venais de perdre mon enfant, et même si je ne savais pas si je voulais le garder, le choix m'avait été retiré.

Maman, je me sentais si vide…

Le cabinet d'avocats a été formidable. Ils m'ont dit que je pourrais revenir dès que je serai prête et ma collaboratrice m'a dit qu'elle prenait tout en mains et me tiendrait au courant.

Le soir, j'ai sorti notre mappemonde. J'ai fermé les yeux et j'ai pointé un stylo qui est tombé sur les Philippines…

J'ai appelé Cécile qui m'a simplement dit :

– Il y a des millions de destinations et tu choisis les Philippines, le pays où les enfants traînent dans les rues, où la prostitution est partout. Tu es sûre que tu es en état de réfléchir ?

C'est vrai que je n'étais peut-être pas en état de réfléchir, mais je n'aurais jamais choisi une destination en me basant sur des préjugés. J'ai rapidement organisé mon voyage et, le lendemain, je prenais l'avion pour Manille. J'avais lu que Cebu était une belle ville et surtout plus authentique. J'ai loué un Airbnb et je me suis rendue directement là-bas.

J'ai d'abord été frappée par cette luminosité, propre aux pays asiatiques. Cette douceur, ces teintes tamisées, cette nonchalance bienveillante que j'allais ensuite retrouver dans l'esprit philippin. J'avais l'impression de recommencer à respirer. Je suis arrivée dans une maison magnifique, du moins de l'extérieur et ce que je n'avais pas compris dans la description de

Airbnb est que la maison venait avec tout son personnel, ce qui était décrit comme *caretakers*[52].

J'ai rencontré des gens tellement chaleureux, souriants, accueillants, comme s'ils devinaient sans le savoir ma détresse. Le mobilier était minimaliste, mais rien ne manquait. La famille *caretakers* occupait une petite partie de la maison et la cuisine était leur domaine réservé. Analyn m'a seulement demandé de lui acheter les produits que j'aimais manger et elle se chargerait de me les cuisiner. Elle a passé un après-midi à regarder des recettes françaises sur internet. Tout était simple, car tout le monde parlait couramment anglais. Cebu est une ville magnifique, très peuplée. On m'avait recommandé de faire attention à mes affaires, mais je me suis toujours sentie en sécurité. Je me suis rendue à *Colon street*, la rue la plus populaire, connue pour son immense marché à l'extérieur, ouvert à partir de dix-sept heures. Des rues entières étaient couvertes d'étals et de tentes de fortune, mis en place par des enfants avec leurs parents, et tous, avec le sourire. Les gens arrivaient de toutes parts, à pied, en voiture, en bus, en mobylettes avec bien souvent une famille entière dessus et les fameux *tuk-tuk*[53] à trois roues.

On aurait dit un joyeux bal plein de couleurs qui avançait, à ma grande surprise, en harmonie au milieu d'un chaos auto-organisé. Pas de coups de klaxon ou de hurlements.

---

[52] Concierges.
[53] Dans le Sud-Est asiatique, alternative moderne des pousse-pousse et cyclo-pousse.

Le lendemain en début d'après-midi, je suis allée au musée Segbu. Une jeune fille, d'une grande beauté, petite, frêle, avec de grands yeux noirs m'y a accostée.

Elle a proposé de me conter l'histoire des Philippines et de m'expliquer le musée ainsi que la culture philippine. Elle m'a indiqué qu'elle était en deuxième année au collège des sciences sociales de Cebu et qu'elle poursuivait une licence d'arts et sciences politiques. Elle était à l'image de son prénom : Dalisay, « pure » en Tagalog.

Plongée dans mes pensées, j'ai dû paraître hésitante. Dalisay a insisté, indiquant que c'était du bénévolat dans le cadre de ses études, que je n'aurais rien à payer. Elle avait cette empathie, cette luminosité et je ne voulais pas refuser, au contraire, et j'étais bien décidée à la rémunérer.

Elle paraissait si jeune et pourtant, elle devait avoir près de vingt ans. Une enfant en apparence avec la maturité et la profondeur d'une adulte. Nous avons dû passer plus de deux heures dans le musée. Dalisay était tellement érudite et sa douceur, sa voix, son anglais raisonnaient comme de la musique dans mes oreilles, un baume sur mon âme, enfin une impression de calme.

J'ignorais tout de leur histoire, mais, m'a-t-elle appris, les Philippines ont été colonisées trois fois. D'abord par les Espagnols, d'où la présence partout de très belles églises, ou cathédrales - le Pape Jean-Paul II, leur a même rendu visite -. Puis par les Américains qui leur ont apporté la langue anglaise. Avant d'être finalement occupées par les Japonais pendant la deuxième guerre mondiale. Elles n'ont obtenu leur souveraineté qu'à la fin de la guerre. Dalisay parlait de ces colonisations successives comme de quelque chose de normal, de positif presque. Elle me transmettait les plus beaux aspects de son pays, de sa culture, de son histoire et me décrivait même les plantes et les fleurs cultivées sur cette île pleine de beauté. Savais-tu, maman, qu'il existe des plantes médicinales destinées à traiter les diabétiques ? On les appelle des plantes à insuline.

La visite se terminait, mais j'aurais voulu la continuer. J'étais comme envoûtée, en tout cas enchantée. Je lui ai donné le seul billet que j'avais sur moi, mille pesos, environ seize euros. Elle m'a regardée avec des yeux emplis de larmes et d'une profonde gratitude. Je ne comprenais pas encore, mais ces seize euros, en dehors du fait qu'ils légitimaient sa prestation, représentaient beaucoup plus.

Je suis repartie. Je ne parvenais pas à oublier ce visage, ces yeux débordants de sollicitude. Je ne me rappelais pas avoir jamais vu une telle expression de reconnaissance pure, presque angélique. Mue par un élan incontrôlé, j'ai repris le chemin du musée. J'ai attendu à l'entrée derrière une colonne, espérant revoir Dalisay. Elle est sortie environ vingt minutes plus tard. Je l'ai suivie sans que je ne sache vraiment pourquoi.

J'ai vu Dalisay glisser le billet dans une enveloppe prête à être envoyée et je n'ai pas pu m'empêcher de m'approcher d'elle. Je ne comprenais pas pourquoi elle envoyait l'argent qu'elle venait à peine de recevoir.

Dalisay a eu un mouvement de recul, ce que je pouvais comprendre, apeurée d'avoir été suivie. Je lui ai demandé pardon, je ne souhaitais en aucun cas la bouleverser. Juste la connaître. Savoir pourquoi elle ne gardait pas cet argent qui aurait pu lui être utile.

Dalisay me proposa de marcher jusqu'à la Cathédrale métropolitaine de Cebu, à environ dix minutes à pied du musée. Une magnifique bâtisse blanche, dont l'intérieur avait été reconstruit après sa destruction pendant la seconde guerre mondiale. Le lieu préféré de Dalisay pour penser, méditer et surtout montrer sa gratitude pour le fait d'avoir mis Monsieur Lemay sur son chemin.

Comme si elle sentait ma souffrance intérieure, que ma tristesse était presque palpable, elle prit ma main avec une douceur infinie. Un baume sur mes blessures. Je me sentais un peu honteuse, moi qui avais tout de me sentir si vide et elle qui n'avait rien de me transmettre tellement. Cette dichotomie m'apparaissait dans toute son absurdité.

Finalement, elle m'expliqua de sa voix douce :

– J'envoie cet argent à la fondation Vilarnie. Vous ne connaissez pas ? C'est un Français qui la dirige pourtant.

– Non, je ne connais pas.

– C'est grâce à eux que je suis en vie et que je peux poursuivre des études. Dès que je peux, je leur envoie l'argent que je gagne et vous venez de me donner beaucoup d'argent. Merci beaucoup.

Seulement seize euros, me suis-je dit.

– J'ai été recueillie par Monsieur Dominique Lemay dans la rue. Ils ont pris soin de moi, m'ont élevée à la Fondation et, grâce à eux, j'ai obtenu une bourse pour continuer mes études. Presque tous les week-ends, je retourne à Manille pour les aider. Il y a tellement à faire. Ils sont ma famille. Je vais finir ma licence et ensuite, j'espère travailler au sein du gouvernement pour mettre en place un programme national similaire à Vilarnie. Sans cette communauté, tous ces enfants seraient peut-être morts. Il y a beaucoup d'efforts au niveau de l'État, mais il y a encore beaucoup à accomplir. Mais nous sommes unis par le même but avec les ONG[54] : protéger les enfants.

Je ne savais pas quoi répondre. Dalisay parlait de tout cela avec amour, sans animosité, seulement de la gratitude.

Tout ce qu'elle disait n'était que bonté, pureté, et reconnaissance, alors qu'elle avait été abandonnée et élevée dans ce qui semblait être un dispensaire. Je lui ai demandé si elle souhaitait quitter son pays un jour, pour un avenir meilleur. Ses yeux se sont assombris. Manifestement, je ne comprenais rien avec mon esprit européen.

– Tu ne comprends pas, c'est mon pays, mon île, mes racines, ma famille, je ferais tout pour changer ce qui peut être amélioré, mais j'aime ce pays qui m'a donné la chance d'exister et qui est tellement beau, pas seulement grâce à ses îles paradisiaques, mais surtout à

[54] Organisation non-gouvernementale

son peuple, nous sommes un peuple fier, uni, reconnaissant, aimant. Nous sommes respectueux de tout le monde et nous aimons répondre par le sourire. Mes propos peuvent paraître exagérés et je m'en excuse, mais si tu restes un peu ici, tu comprendras…

Elle venait de m'ouvrir à tellement de bonté et d'abnégation. Cette fois, c'est moi qui ne savais plus comment exprimer ma gratitude. Jusqu'à cet instant, je me sentais vide, déshumanisée, et maintenant, devant tant de dévouement, d'humanité, je me sentais pleine.

J'ai seulement répondu à Dalisay, « merci de m'avoir raccordée à la vie ». Je ne sais pas si elle pouvait comprendre, mais elle a pris ma main de nouveau dans la sienne avec son sourire si authentique, profond, et m'a laissé ses coordonnées si je voulais lui parler… J'avais cette impression que c'était le monde à l'envers, mais en fait, c'était peut-être le monde à l'endroit.

Dès le lendemain, je suis repartie à Manille pour découvrir la fondation Virlanie. Première étape avant la prochaine… Dominique Lemay, son fondateur était là. Quand j'ai mentionné le nom de Dalisay, il a pris le temps de discuter avec moi, malgré son emploi du temps toujours plus chargé chaque jour au service des enfants.

Maman, je ne pourrai jamais oublier et ces phrases resteront à jamais gravées dans ma mémoire et mon âme :

« Notre mission est très simple : prendre soin de nos enfants et les aimer, leur donner une éducation et leur apprendre

à devenir des adultes responsables. J'ai reçu beaucoup de cadeaux dans ma vie, de mes parents et d'autres personnes. Je dois leur rendre la pareille. ***Pour moi, ce n'est pas un travail, c'est ma vie. »***

Dominique a ensuite fait une pause et m'a dit : *« Vous serez toujours la bienvenue ici et n'oubliez pas ce que je vais vous dire maintenant, car il me semble que cela pourra vous aider : toujours sourire. Ce que je dis à mon personnel, lorsqu'il est abattu, lorsqu'il est contrarié, c'est de sourire seulement. Quand vous allez dans la rue, quand vous allez partout, quand vous voyez un enfant ou une famille, souriez-leur, vous n'avez pas besoin de leur donner de l'argent. Cela peut peut-être changer leur vie. Il n'est pas nécessaire de faire de grandes choses pour changer une vie. »*

Je suis repartie abasourdie. En fait, réveillée. C'est le mot. Ce voyage dans ce pays, ces rencontres, m'ont fait comprendre que je m'étais trompée de vie, ou plutôt que je m'étais trompée de sens. Je vais changer beaucoup de choses. C'est pour cela que je voulais t'adresser cette lettre, pour que tu comprennes. Je t'aime. Sarah

© Vanina Joulin-Batejat[55]

---

[55] Auteure et coach en management culturel.

Nostalgique Séoul

Isaline Remy
(France)

© Sandra Encaoua Berrih

À ma nièce et mon neveu, Lagda et Saysana

Une photographie
Séoul Orient endormi
Perles masquées de pluie
Sol mouillé au soleil, riz

Une photogénie
Vénérés Bouddhas figés
Près des dragons enflammés
Rêverie douceurs soieries

Une photo jaunie
Foule de patientes fourmis
Au marché des douces épices
Et du tendre maïs

Une photo couleur
Sur fond de tapis de fleurs
Des bois de mille senteurs
Et des enfants malices

Une photo mystique
Aux sommets de monts magiques
Aux rivières de flots limpides
Et de sources placides

© Isaline Remy[56]

[56] Écrivain, journaliste. Ambassadrice pour la Bretagne de Rencontre des Auteurs Francophones (Nyc). Fondatrice de l'Académie des Lettres à Saint-Quay-Portrieux.

Lettre d'Inde

Martine L. Jacquot

(Acadie)

© Pom Ehrentrant - Naga Linga, Fleur nationale de Punducherry (Pondichéry)

Pondichéry, le 26 mai

Chère Lily,

Comme promis, je te donne des nouvelles. Je suis finalement arrivée dans le sud-est de l'Inde ! Ce fut un bien long périple. Heureusement, de nos jours, on ne contourne plus l'Afrique ; on ne passe plus non plus par Gibraltar puis par le canal de Suez ! Le vol a été long, mais devrais-je me plaindre ? Tout s'est bien passé. Et quelle récompense que de découvrir un univers bigarré et où règne une quasi-constante cacophonie…

Avant de commencer mon atelier de yoga, je vais rester quelques jours dans un hôtel situé dans le quartier français de Pondichéry et partir au hasard de la découverte. L'endroit me plaît. Je trouve ici dans le style architectural quelque ressemblance avec cette belle ville de Louisiane, La Nouvelle-Orléans, que j'avais beaucoup aimée, elle aussi. J'aime ces lieux qui me font rêver. Pondichéry ! Je réalise un rêve : me frotter à l'histoire, à l'Orient et sa culture, à la beauté…

Il faut sans doute être habité par un brin de folie, mais je n'ai pu résister ce matin et attendre la fraîcheur pour sortir. Sans doute ai-je bien fait, car même au plus profond de la nuit, la rosée ne naît jamais ici en ce temps de l'année. Je ne voulais pas perdre un instant. Imagine le soleil au zénith. Une chaleur écrasante. Les rues désertes. La végétation – bois de rose, bougainvillées, jasmin, flamboyants, palmiers et tant d'autres – qui déborde par-dessus les murs d'enceinte. Ici et là, des plaques bleues sont apposées, portant des noms de rue qui nous ramènent quelques siècles en arrière. J'ai pu lire des noms qui rappellent les anciens administrateurs au service de la Compagnie française des Indes orientales comme Dumas, Dupleix ou La Bourbonnais.

À cette époque, on pratiquait le commerce du coton, de la soie, des épices. Tous ces trésors qui allaient faire le bonheur des riches en métropole…

J'ai marché lentement sur le trottoir sablonneux. Les maisons ocre, roses, jaune pâle ou blanches, datent du XIXe siècle, mais elles ont été rebâties dans le modèle du XVIIIe après que la ville a été détruite. Il y flotte définitivement un air colonial. Les édifices cossus à colonnades sont ornés de balcons. Il y a un salon central et les pièces sont distribuées tout autour. Les demeures sont entourées de jardins luxuriants. Mes yeux sont remplis de couleurs vives : entre le foisonnement de fleurs, la peinture aux teintes vives qui orne les temples hindous où l'on dépose des offrandes de fruits que de petits singes viennent chaparder, et les sarongs tous plus éclatants les uns que les autres, quelle merveille ! J'ai parfois l'impression d'être entrée de plain-pied dans un conte des mille et une nuits !

Certaines maisons sont quelque peu délabrées, mais on peut encore deviner comme ce quartier fut beau, élégant, à l'image d'une époque glorieuse. La colonisation… un mot qui me fait frissonner. Pillait-on ou aidait-on les lieux en important des produits locaux ? Il est clair que l'endroit faisait l'envie de plus d'un pays, au fil des siècles, entre le Portugal, le Danemark, la Hollande, la France et l'Angleterre. En marchant dans ce quartier, on ne peut oublier que la ville fut un comptoir français pendant de nombreuses années. Laisse-moi t'emmener avec moi…

Tiens, au détour d'une rue, j'entends des voix. Un mélange de tamoul et de français. Un jeune homme à la peau mate s'éloigne du vieillard avec qui il s'entretenait. J'ose saluer dans ma langue l'homme aux cheveux gris, vêtu d'un dhoti traditionnel. Il m'adresse un sourire éclatant de blancheur. Alors, je lui pose quelques questions. Il semble ravi de mon incursion dans son univers, me montre une enseigne, accote sa bicyclette contre un mur, et m'invite à entrer. Il a créé un petit musée composé essentiellement de photos, datant de l'époque coloniale. Il me dit que dans sa famille, de génération en génération, on n'a pas complétement perdu la langue. J'aurais pu l'écouter longtemps si je n'avais pas eu tant de choses à voir encore.

La rue brûle sous les coups de midi. Ma tête tourne. J'aurais dû mieux me préparer et boire plus d'eau. Mais la chaleur m'avait ôté l'appétit au petit-déjeuner et j'avais emporté mon omelette et mes tartines dans une serviette en papier pour les distribuer à des chats errants. Leur maigreur m'avait interpellée.

Ils m'avaient jeté un regard jaune à la fois inquiet et reconnaissant en s'enfuyant la gueule pleine.

Lentement, je marche vers le rivage qui longe le golfe du Bengale. Là, le calme est rompu. La foule s'agglomère à certains endroits. Les rickshaws sillonnent les rues. Des voix et des klaxons fusent de toute part. Je dois te dire que parfois, on peut voir sur les routes une profusion de voitures, camions, motos, vaches ou chèvres circuler côte à côte comme une chorégraphie savamment orchestrée. Les passants traversent sans se soucier. Ces entrecroisements me donnent le tournis !

Je passe devant le lycée français d'Extrême-Orient, la gendarmerie, l'institut français. Sur l'avenue Goubert, je suis attirée par la statue de Gandhi, puis plus loin, par l'ashram de Sri Aurobindo. Un sentiment de bien-être m'enveloppe. Ces lieux évoquent la paix et la méditation, et se voilent dans des volutes d'encens envoûtantes.

Voilà, en gros, mon errance du jour. Je dois ajouter qu'à un moment donné, dans une rue étroite, j'ai enfin trouvé une échoppe et que je me suis jetée sur une géante bouteille d'eau. Et pour mon plus grand plaisir, j'ai fait une halte dans une librairie française. Comme tu t'en doutes, je suis repartie chargée d'une brassée de livres. Demain, j'irai plonger dans les vagues de l'océan. Je ramasserai des coquillages qui me rappelleront que je n'ai pas rêvé. Je te rapporterai du jade et de la soie.

À très bientôt pour une autre déambulation, peu importe où le hasard me mènera.

Je t'embrasse.

Nadine

© Martine L. Jacquot [57]

---

[57] Poète, nouvelliste, romancière et essayiste. Auteure prolifique, elle a publié internationalement et a reçu plusieurs prix. Ses dernières publications sont le recueil de poésie *Dans la marge d'un horizon ébouriffé*, publié chez Liber Mirabilis (Paris), et le roman *Déferlement sur le siècle nouveau*, sorti chez La Grande Marée (Canada). Elle vit dans l'est canadien.

Regards croisés
V. Maroah
(France)

© Pom Ehrentrant - Vietnam

« L'Asie est un livre ouvert,
et chaque voyageur
y trouve sa propre histoire. »
John Steinbeck.

Tant de mois déjà que je suis partie en terre d'Asie. Sac au dos et droit devant, fouler de mes pas cet autre côté du monde. De l'autre côté de moi.

L'été m'accueille en Malaisie. Kuala Lumpur, de toute sa splendeur, me dévoile ses mille couleurs. Des îles Perhentian à Bornéo, des forêts et des océans, qui exaltent la nature et ses habitants.
L'ailleurs me transporte.
Être libre. J'avais presque oublié.

Ici, le soleil rit aux éclats dans l'été provençal.
Les corps s'exilent des mois passés pour s'exposer à sa brûlure. Il fait si chaud malgré le froid de l'absence.
Je t'attends.

En Thaïlande, le temps se dilue dans la blancheur d'un matin frais. De bruit et de silence, le bruissement des vies qui aiguise mes sens.

Du Cambodge au Laos, le temps s'étire comme un long fleuve abandonné. Mouvement à peine perceptible qui frôle l'éternité. La vie n'est rien d'autre que cet instant immobile où le monde me pénètre, pierre précieuse incrustée dans la roche.
L'éveil des sens.
Cet instant où tout bascule, où l'on perd le sens des choses. Des choses communes.
Être libre. Ce n'est pas très compliqué.

« La mélancolie
Berce de doux chants
Mon cœur qui s'oublie
Aux soleils couchants »
Ton absence jonche le sol où mes pas se traînent…

Au Vietnam, la route est sinueuse. La conquête du jour, immanquablement, se noie dans l'ivresse des crépuscules. Les sens en éveil.

L'Indonésie me tend les bras. De Bali à Java, la terre crache ses feux azurés que les eaux turquoise tentent d'apaiser. Entre ciel et mer, mon regard se fond une fois encore, une fois de plus, dans ce monde aux reflets bleutés. « *La terre est bleue comme une orange.* » C'est vrai.

Les peuples souriants des Philippines m'invitent à la contemplation. Des lagons de Palawan, je garderai l'étrange beauté. De Manille à El Nido, les espaces s'enlacent et les couleurs se mêlent. Entre jungle, océan et falaises, mon iris s'emplit de teintes vertes, bleues, grises.
Couleurs froides. Les couleurs de la paix. Et de l'introspection.
Et soudain l'Asie me dit qui je suis.

« Les sanglots longs
Des violons
De l'automne
Bercent mon cœur
D'une langueur
Monotone »
Quand reviendras-tu ?

Au cœur de l'hiver, j'irai effleurer les doux tissus dans les rues de Katmandou. Dans le fourmillement des vies des villes. Je gravirai l'Annapurna, j'irai toucher le silence du monde, là où les hommes sont rares, là où la terre est loin. Quête ou conquête, le sommet est parfois le chemin que l'on emprunte pour arriver jusqu'à soi.
Je reviendrai.
Pour aller plus haut.
Pour voir plus loin.
Vivre libre, je ne peux plus m'en passer.

Le mimosa a fleuri dans le froid de l'hiver. Paillettes jaunes aux reflets du pâle soleil de midi. Un soleil livide qui ne réchauffe pas mon cœur orphelin. Vivre sans toi n'est pas vivre, maintenant je le sais.
Reviens.

Je suis arrivée à Séoul. À côté du monde dans lequel j'ai grandi, il existe un autre monde.
C'est le même pourtant.
Et pourtant.
Le printemps à Séoul fige le temps à jamais. Instant d'éternité qui embrasse les quatre saisons de l'année.
Rien n'existe plus que nos regards croisés.
Et en un clin d'œil, nos destins sont scellés.
Les cerisiers, par centaines alignés, se dressent dans leur majestueuse beauté
Points pastel brodés à l'orée du ciel
L'ineffable grâce vient contrer la laideur du monde

Une fine pluie de fleurs sous la brise légère se dépose délicatement sur les épaules des passants, sur les joues rougissantes des amants
Et vient nous rappeler la beauté des choses.
Ne jamais oublier que cette vie est belle
En dépit de tout.
Ne jamais oublier.
C'est ce que me dit l'Asie, dans le doux tourbillon des vies passées, des vies de demain.
Des vies à inventer.
Des vies à honorer.
Oui, c'est le murmure de l'Asie qui me glisse à l'oreille le secret de la beauté des mondes.
En dépit de tout.
Ce chuchotement qui m'étreint bien plus fort que les cris de l'Occident.
Ce silence vacillant qui m'étreint comme les bras d'un amant.
Qui comble mon cœur vacant
Et m'emporte hors du temps, hors des gens.

Ici le printemps est fleuri. Une oraison multicolore qui dit oui à la vie.
Reviens je t'en prie, reviens. Ta vie est ici.

Le parfum entêtant des effluves maritimes
Les regards qui se frôlent et les pensées qui s'effleurent
Sans un mot.
Corps immobiles
Dans le silence figé de la rencontre.

Tu me manques.
Ne dis rien.

Quelques mots mais pas trop
Un regard qui soutient le mien
Une main qui me retient
Oui, me voilà aux prises avec mon destin.

Je t'attends.
Reviens.

L'amour m'étreint de tout mon être. Il a le regard grave et le mot rare. C'est sérieux, l'amour, ici. Pas de paroles futiles, pas de causeries séductrices chez ce peuple avare de mots qui ne disent rien. Le silence est bien plus parlant et le langage bien plus important que tout ce qu'on peut dire.

La terre vacille sous mes pas incertains.
Reviendras-tu ?

La lune pâlit aux premières lueurs du jour. Dans une pudique retenue, la nuit s'esquive sans un bruit.
Et le soleil rougit de renaître à nouveau.
Le jour se lève dans les brumes de l'amour.
Au Pays du matin calme, j'apprends le mot *toujours.*
Le temps ne nous attrape pas.
Paysages embués de la douce lumière du matin
Si loin d'une aurore ensanglantée d'un printemps de Corée
Le temps ne se rattrape pas.

Souviens-toi notre amour…

Rien n'est encore dit
mais je sais déjà
que je ne reviendrai pas.

Au fur et à mesure que le présent se déroule, le passé se dévoile.
Mon amour s'est effacé comme un mirage dans le désert. Un visage, une image que je croyais un jour rejoindre. Et dans l'évanescence du souvenir qui déjà se dilue, ne reste qu'une silhouette aux contours à peine dessinés. Mon passé.
Tu fus ma quête bien plus que ma conquête.
Je t'ai aimé, je crois.
Au fur et à mesure que le présent se déroule, le passé se dérobe.
C'est vrai.

Sur l'île de Jeju, je graverai notre sépulture d'une simple épitaphe : *Ne pas renier ce qui fut. Et laisser exister ce qui est.* Et j'honorerai la mémoire de notre histoire comme on honore les morts.

L'amour me pèse de tout son poids.
Trop grand. Trop lourd.

L'amour m'assaille de toutes ses forces.
Plus grand. Plus lourd.
Il a le visage de l'Asie. Sérénité.
Il en a l'immensité. La démesure.
De l'autre côté de la planète blême se dresse un monde de couleurs.
Où les rires pétillent sous les shots de Soju.
Où les chagrins volent en éclat quand les verres se brisent.
Où les rêves se glissent sans bruit dans les plis discrets des mots qu'on devine.

Loin, si loin des mondes habités par ces cœurs si étroits qu'ils ne peuvent se serrer davantage.
Ces cœurs incapables de chagrins.

Un songe. Une parenthèse onirique.
Pour une histoire cousue de fil blanc.
Qui se trame dans ton dos.
Réveille-toi.

Mes paupières se soulèvent au Pays du matin calme. Dans la quiétude de l'amour. Là où j'apprends le mot *toujours*. Là où se déroule le fil rouge de mon histoire. La trame de l'avenir.
Droit devant.
Oui, de l'autre côté du monde dans lequel j'ai grandi s'érige cet autre monde, si lointain, si lointain…
Et pourtant.
Cette terre, baignée d'une étrange lumière, drapée dans ses mystères séculaires, cette terre d'or et de poussière, cette terre je la ferai mienne.
Mon Asie, terre d'asile.
Mon exil.

Tu sais bien que dans chaque voyage se profile la promesse du retour. Il est temps de rentrer, maintenant. Chez toi. Chez nous.

Le temps n'existe pas quand on a appris le mot *toujours*. Ceci n'est pas un voyage. Cette terre est ma ligne d'arrivée. Ici je deviendrai celle que je suis.
Cette terre sera la mienne.
…

Et elle sera aussi la tienne. Toi qui naîtras de nos destins scellés, de nos regards croisés.
Sublimer le vivant pour atteindre l'inaccessible. Exprimer l'indicible.
Et libérer tous les possibles.
Tu auras pour prénom Ji Hyuk, et tu ouvriras les yeux dans l'étrange beauté d'une aurore orientale.

© V. Maroah[58]

[58] V.Maroah vit dans le sud de la France. Elle est l'auteur de deux romans, *Les volets clos* et *Je*, publiés aux éditions Red'Active, et de deux novellas autoéditées, *Anna* et *L'insignifiante.* Entre dérision et quête de sens, son univers littéraire, qualifié d'atypique et d'inclassable, explore les histoires sans histoire, les vies silencieuses de personnages ordinaires. Dans un langage qui, tour à tour, explose, ou se tait.

Voyage au cœur de soi

Mady Bertini

(France)

© Anna Alexis Michel - Doraku

Il ne viendra pas. Il ne viendra plus. Dans le taxi, Zelda pleure. De grosses larmes dévalent ses joues, trempent le col de son manteau léger. Le téléphone collé à l'oreille, son cœur se déchire. Elle écoute l'homme qu'elle aime lui dire que c'est fini, qu'il ne veut pas d'une relation stable, qu'il a trop souffert de sa dernière histoire, qu'il n'est pas l'homme qu'il lui faut et qu'elle mérite mieux. Non, pas lui ! Pas Florian ! Tous ces poncifs, Zelda les a déjà, tant de fois, entendus. Elle le pensait tout autre, bon, responsable, aimant. Elle le découvre pleutre, minable, lâche. Sa déception est à la hauteur de son amour pour lui. Elle avait cru qu'il serait l'homme de sa vie, celui qu'elle cherchait depuis toujours, son âme-sœur, cette partie qui lui manquait pour ne plus faire qu'un. Dans le taxi qui l'emporte vers l'aéroport où ils devaient se rejoindre, Zelda sanglote, anéantie. Ses rêves de bonheur s'écroulent sur quelques paroles cruelles assenées par téléphone et sa vie s'éparpille d'un coup à l'image des baguettes d'un jeu de mikado que l'on jette sur le sol.

Le taxi file à vive allure. Sur le périphérique, le trafic est dense et la femme qui le conduit slalome avec dextérité entre les voitures. Il est dix heures. L'avion de Zelda décolle pour le Japon à treize heures cinquante-cinq, c'est pour cela qu'elle se dépêche. Dans le rétroviseur, elle observe Zelda qui pleure à chaudes larmes et cela lui fend le cœur. Elle a compris le drame qui se joue à l'arrière de son taxi et ne sait pas quoi dire. Combien de tragédies se sont déroulées dans l'espace clos qu'elle conduit, combien de larmes a-t-elle vu couler sans pouvoir intervenir. Aujourd'hui, cette jeune dame la touche plus que jamais. Elle doit avoir l'âge de sa fille, sa fille qui, à cause d'un chagrin d'amour, a préféré s'ôter la vie voilà trois ans. Elle a l'air si fragile recroquevillée sur la banquette arrière, comment lui faire comprendre qu'un chagrin d'amour, ça se guérit et qu'elle a toute la vie pour trouver un autre homme. Les mots tournent dans sa tête, mais elle ne sait par où commencer. Elle a peur d'être indiscrète et se contente de jeter de temps en temps un coup d'œil dans son rétroviseur. Les joues de Zelda sont zébrées de noir, elle ne sait plus où mettre ses mouchoirs en papier trempés alors elle les entasse dans son sac à main, tant pis si son billet d'avion se mouille, elle n'a plus envie de partir. À quoi bon. Elle attendait ce moment depuis si longtemps, elle en avait tant rêvé, enfant. Voir l'éclosion des *hotaru*, ces milliers de lucioles qui offrent, chaque fin de mai, un spectacle féerique l'espace de quelques jours. Elle était si heureuse de partager ce miracle avec Florian. Ensemble, ils avaient organisé ce voyage à Tatsuno, peaufiné les détails, discuté, jusque tard dans la nuit, de l'organisation du séjour, pensé même à faire, au retour, un stop à Rome afin d'y admirer la fontaine de Trevi en hommage à la « La Dolce Vita », qu'ils se passaient en boucle les week-ends de cocooning.

Rien ne l'avait alertée, et pourtant... Plusieurs fois déjà, Florian avait renoncé à partir avec elle. Ses excuses tenaient toujours la route. Elle n'avait d'autres choix que de partir seule ou de rester et renoncer à ses vacances. La dernière fois, il avait prétexté un colloque important à Londres et la mort dans l'âme, elle avait annulé leurs billets d'avion. Cette fois-là, ils devaient assister aux Sakura, la magnifique floraison éphémère des cerisiers au Japon. Sa déception avait été si grande et malgré cela, elle avait fait bonne figure. Décidément, le Japon ne me porte pas bonheur, songe Zelda entre deux sanglots. Aujourd'hui, dans ce taxi qui l'emporte à toute allure vers l'aéroport, elle se dit qu'il ne pouvait y avoir pire. Il la quitte à quelques heures de l'embarquement. Sans aucun ménagement. Sans signe avant-coureur. La veille encore, ensemble ils avaient préparé en riant leurs bagages, se projetant au milieu des lucioles. Avant de se coucher, il l'avait prévenue qu'il passerait tôt à la rédaction du journal afin d'y déposer un article important pour qu'il soit mis sous presse dès la première heure. Il la rejoindrait à l'aéroport. Rien ne l'avait préparée à ce qu'il venait de lui dire.

Dans l'habitacle, une voix douce s'élève : « *Vous allez dire que je me mêle de ce qui ne me regarde pas, Mademoiselle. Battez-vous, la vie nous réserve parfois de belles surprises ! Ne faites pas comme ma fille qui a préféré renoncer à la sienne parce qu'un homme qui ne la méritait pas l'avait abandonnée !* »

Zelda, le visage baigné de larmes, relève la tête et croise dans le petit miroir, deux yeux bleus remplis de compassion. Ses larmes redoublent, elle hoquette, le nez plongé dans son mouchoir. « *Ma fille s'appelait Julie, elle avait votre âge, continue la conductrice, et depuis ce jour-là, je la pleure et me dis qu'elle aurait pu vivre encore tant de belles choses, me faire grand-mère, profiter des plaisirs que la vie nous offre lorsqu'on veut les voir, et par-dessus tout, aimer encore !* ». À ces mots, la voix se brise tandis que les yeux bleus du rétroviseur se remplissent d'eau.

Malgré son chagrin, Zelda se penche vers le siège avant, avance timidement un bras et de sa main tremblante presse l'épaule de la conductrice.

L'aéroport est là. La conductrice saute sur le macadam, ouvre le coffre, en extirpe la valise. Dans l'habitacle, Zelda hésite, elle n'a qu'une seule envie, retourner chez elle, se cacher sous la couette et n'en plus ressortir. Mais la portière s'ouvre, une main se tend, saisit la sienne et la presse avec douceur. « *Venez, Mademoiselle, vous allez rater l'avion !* ». Zelda secoue la tête, « *Seule, je n'y arriverai pas* », sanglote-t-elle. La main la tire hors du taxi, « *Oui, vous y arriverez !* », lui dit la femme qui la prend dans ses bras avec tendresse tout en lui murmurant « *Faites-le pour vous, vous en serez fière* » et, dans un souffle, elle rajoute « *Faites-le aussi pour ma Julie !* ». Elles s'étreignent, en larmes.

Dans l'avion, Zelda, paupières closes, laisse couler ses larmes. Elle ne peut s'empêcher de penser au chagrin de cette femme dont l'enfant s'est ôté la vie à cause d'un homme.

Enfin, la descente s'entame. Tokyo apparaît sous les ailes de l'avion. Une ville futuriste s'étale sur les bords de la baie qui brille dans la lumière du soleil. Une forêt de gratte-ciel s'élance vers le ciel, une réplique rouge de la Tour Eiffel, des enseignes multicolores qui clignotent sans fin… Douze heures à attendre l'avion pour Kobe, ensuite un train l'amènera à Tatsuno. La visite de la ville l'effraie. Elle se sent comme saoule, le bruit, la circulation, les lumières des publicités gigantesques qui s'allument et s'éteignent à un rythme effréné dans un ciel plombé, la foule pressée, tout l'agresse. Ce n'est pas ce visage-là du Japon qu'elle cherche. Alors elle se réfugie dans la maison de thé Higashiya Ginza. Elle patiente tout en sirotant un thé matcha, perdue dans ses pensées et grignote du bout des dents de délicates pâtisseries dans l'atmosphère zen et reposante dont elle a tant besoin.

Retour à l'aéroport, embarquement pour Kobe. Même sensation dans cette ville tout aussi futuriste. *Mais où est le Japon traditionnel*, se demande-t-elle. Le train l'emporte enfin vers Tatsuno. À travers la vitre, Zelda, fascinée, observe le paysage qui défile à toute vitesse. Sous ses yeux douloureux d'avoir trop pleuré, le Japon se dévoile, pays de contrastes où passé et futur, traditions séculaires et modernité s'entrechoquent.

Dans sa chambre, Zelda, fatiguée, vide la valise, range ses habits dans l'armoire. Imposant dans la pièce exiguë, le lit à deux places lui rappelle la désertion de Florian. Surtout ne pas penser ! L'obscurité s'est étendue sur Tatsuno. Un air doux entre par la fenêtre amenant jusqu'à elle les flonflons de la fête. La danse des lucioles a commencé. Elle pose sur ses épaules un châle de soie, sort. Dans la rue, la foule joyeuse se presse. Zelda suit le flot jusqu'au parc Hotarudoyo. Derrière eux, les lumières de la ville se reflètent dans l'eau noire du port. En file indienne sur le chemin qui serpente entre les arbres et les hautes herbes, des milliers de *hotaru* palpitent dans la nuit bleutée. Le spectacle est fascinant, d'une beauté à couper le souffle. Silencieuse, Zelda s'accorde à cet instant magique. Immobile, elle entre en communion avec une nature tout à la fois mystérieuse et féerique et perd de vue le groupe. Seule à présent au milieu des lucioles qui tournent autour d'elle, trémulent, clignotent, striant la nuit de leur lumière dorée, Zelda oublie sa douleur. Elle tend les bras vers le ciel, renverse son visage et prie.

Plongée dans ses pensées, Zelda, auréolée d'*hotaru*, fait quelques pas dans la nuit, bute contre quelqu'un qu'elle n'avait pas vu. L'homme aux cheveux blancs s'incline et s'excuse, les mains jointes sur la poitrine. Zelda, confuse, *« non, non, c'est moi qui vous ai cogné ! »*. Le vieil homme sourit, lui prend la main, s'incline à nouveau puis disparaît dans l'obscurité. Stupéfaite, Zelda ouvre la main. Au creux de sa paume, un papier plié qu'elle déplie, fébrile. C'est un haïku :

« Étrange beauté
Lucioles au cœur de l'été
L'espoir s'invite »

Intriguée, elle regarde à l'entour, mais l'homme n'est plus. Elle est seule sur le chemin, parmi les herbes hautes. Au loin, la musique et les chants ondulent jusqu'à elle dans la douceur du soir. *Serait-ce un signe du ciel*, pense Zelda. Son cœur déborde de gratitude et son âme s'unit à la nature qui l'entoure. C'est une noce nocturne où la magie opère et mène une danse mystique qui l'emporte sur ses ailes vers ce qu'elle perçoit comme un avenir lumineux. Zelda esquisse quelques pas gracieux, virevolte au milieu des lucioles, puis reprend le chemin de l'hôtel avec la certitude que sa vie va changer.

Quatre jours se sont écoulés. Quatre jours irréels, enchanteurs, hors du temps. Il lui semble même que c'est dans une autre vie que Florian l'a quittée. Zelda fait sa valise avant une dernière promenade dans le parc Hotarudoyo. *Demain c'est le retour vers l'Europe et c'est un autre jour*, se dit-elle avant de s'endormir.

Rome ! … De l'avion, elle aperçoit la coupole de la Basilique Saint-Pierre, les ruines du Colisée, le Château Saint-Ange, les nombreuses basiliques et le Tibre majestueux qui serpente et scintille sous la lumière crue de l'Italie… Tant de beautés concentrées en un seul endroit et si peu de temps pour visiter. Trois jours, seulement. Elle se promet de revenir bientôt pour s'imprégner pleinement de l'âme de ces pierres chargées d'histoire. En attendant, elle s'agrippe à la poignée de la portière du topolino transformé en taxi qui se faufile à toute allure dans le trafic nerveux de la ville mythique. Un autre paysage l'accueille. Des ruines témoins d'un passé glorieux, des palais somptueux, des pins hiératiques et des cyprès qui se dressent telles des flèches dans un ciel azuréen, éclatant de lumière. Elle ne sait plus où regarder tant il y a de beauté. L'hôtel est magnifique, c'est un ancien palais. La chambre en étage élevé donne sur le fleuve. Sur la terrasse, Zelda, souffle coupé, admire ce paysage d'un autre siècle. Que de splendeurs à perte de vue. De la ville s'élèvent les klaxons musicaux, l'effervescence de la vie romaine, en total contraste avec la sérénité du Japon ancestral qu'elle vient de quitter. Zelda est comme saoule, elle a besoin d'un peu de temps pour passer du silence zen entourée de *hotaru* à cette agitation toute méditerranéenne. Le lit lui tend les bras. Elle s'allonge, face à la fenêtre grande ouverte où s'élèvent les bruits de la vie, et s'endort d'un coup.

Quand elle se réveille, la nuit s'est avancée dans la chambre. Il fait noir, seules les lumières de Rome émettent un halo diaphane sur les murs de la pièce. À sa montre il est vingt heures. Son ventre lui signale qu'elle doit manger. Juste le temps de poser sur ses épaules nues une étole soyeuse et de se renseigner auprès de la réception d'un endroit où se restaurer. Son hôtel situé près du Mausolée d'Auguste est trop loin pour qu'elle se rende à pied à la Fontaine de Trevi, aussi la réceptionniste lui réserve un taxi. Quand elle sort dans la rue, seule une vespa attend sur le trottoir. « *Signorina* » s'écrit un jeune homme, casque vissé sur la tête. Derrière son conducteur, Zelda a l'impression de vivre un rêve. *« La Dolce Vita »* défile sous ses yeux alors que la vespa se faufile dans les rues, rapide comme une guêpe, justifiant ainsi son nom. Cheveux au vent, son étole rouge flotte derrière elle, dans l'air chaud de la nuit. Elle se sent vivante, miraculeusement heureuse.

Enfin, la fontaine de Trevi se dresse devant eux. Le jeune homme s'arrête, l'aide à descendre de l'engin et lui propose de revenir la chercher au même endroit, vers minuit et demi. Elle accepte. Devant elle, le Dieu Océan dans son char domine l'eau qui s'écoule en cascade dans le bassin turquoise. Ses chevaux marins taillés dans le marbre semblent renâcler, prêts à s'élancer dans la nuit éclairée. Zelda, fascinée, est fière d'elle. Elle l'a fait ! Le souffle coupé, elle admire ce monument ancré dans l'imaginaire collectif grâce à Fellini. Vite, lancer une pièce dans le bassin et faire un vœu comme le veut la tradition. Zelda tourne le dos à la fontaine, se concentre, ferme les paupières et jette la pièce dorée. Une main lui touche le bras. « *Signorina* » entend-elle à son oreille. Elle ouvre les yeux. Elle a une vision, *ça, c'est sûr*, pense-t-elle. Un homme jeune, d'une beauté à couper le souffle se tient devant elle. Entre ses doigts, l'étole rouge. « *È caduta, tombée ... per terre* » lui dit-il dans un français maladroit tout en roulant les « r ». Une main sur le cœur, il rajoute : « *Mi chiamo Sandro !* », « *Zelda* » lui répond-elle, troublée.

Les jours suivants passent comme dans un rêve. Sandro ne la laisse pas un seul instant. Il l'accompagne partout, lui fait visiter Rome comme seul un Romain peut le faire, l'emmène sur sa vespa dans la chaleur du mois de mai, lui raconte, avec cet accent adorable, sa vie, sa ville, sa famille, lui pose plein de questions, l'entoure de tant d'attentions et de tendresse qu'elle en oublierait presque de rentrer à Paris. Mais il est temps de partir. L'aéroport de Fiumicino est noir de monde, des touristes se pressent dans les couloirs immenses. Sandro lui tient la main, ils courent vers le comptoir d'enregistrement. Il va bientôt falloir se quitter, pourtant ils ne le veulent pas. Tous deux ont le cœur serré. Fébriles, ils échangent leurs adresses, leurs numéros de téléphone. « *Ti chiamerò* » lui dit Sandro, « *promis, moi bientôt venir à Parigi, te lo prometto !* » rajoute-t-il, ému. Les yeux de Zelda s'emplissent de larmes. Sandro se penche, dépose un baiser sur ses lèvres tremblantes.

Vite, il faut courir. Dans l'avion, Zelda pleure. Ce ne sont pas les mêmes larmes que pour son départ au Japon. Ces larmes-ci sont remplies d'espoir et les prémices d'un bonheur à venir. Le décollage est pour bientôt, Zelda fouille ses poches à la recherche d'un mouchoir, ses doigts rencontrent une surface lisse et rectangulaire qu'elle ramène à la lumière. C'est une carte de visite de Lucette, sa conductrice de taxi, sur laquelle est écrit : *« Je serai là, à votre retour ! »*.

Zelda sourit, elle va en avoir des choses à lui raconter.

© Mady Bertini[59]

[59] Auteur du recueil de Nouvelles *Pour l'amour de l'art.*

L'Alphabet Tour

Laurent Desvoux-D'Yrek
(France)

© Tour du monde Saison par Laurent3D60

*Les Lettres d'**Asie*** : quel étrange destin que ton titre, Saint-John Perse ! Déjà très à part dans ton œuvre d'être le seul opus en prose. Et qu'il fut révélé après investigation que la plupart des lettres étaient bien postérieures aux dates inscrites. Monsieur l'ambassadeur, tu y avais pris de sacrées libertés et dans les Lettres mêmes, un genre à la fois chéri et honni par les lecteurs, celui d'Autofiction. Grand jour, il devient base ou *Anabase* du titre porté pour une somme consacrée aux auteurs francophones ayant écrit ou écrivant sur l'Asie, illustrant donc nos Lettres, notre Littérature agrandie par tout un continent et des périples jusqu'à la pointe de l'Eurasie ! Alors, j'en fais le départ d'un Abécédaire à tour complet, rallye sans voiture, lettres d'un alphabet adressé à vingt-six destinataires. Je suis sur le Pont du *Francoph*, ce navire qui relie tous les pays francophones par voie maritime et par voix ! Alexis, Alexis, me suis-tu sur ce terrain-là, toi qu'on connut poète de grand rythme solennel et qu'on découvre en Gary inventeur de sa vie !

***Balzac** et la Petite tailleuse chinoise.* Cher Dai Sijie, de cette valise ouverte silencieusement dont les piles de livres s'illuminèrent en découvrant dans la Chine de Mao de grands écrivains occidentaux, tu as élu le vieil ami Balzac et tu as transformé ta chère Tailleuse. Dans cette même valise tu eusses pu extraire de Flaubert *Trois contes* et les susurrer à l'humble Couturière, de Hugo *Notre Dame de Paris* et la jouer devant la grande Paysanne des rizières, de Baudelaire *Les Petits Poèmes en Prose* et les lancer à la haute Vitrière du mont Lu. Dickens aurait fourni *De Grandes Espérances* pour la Petite ouvrière pékinoise, Emily Brontë son *Hurlevent* pour la frêle Lingère du Fuzhou. Tous les grands écrivains peuvent nous transformer ; ton vieil ami t'a changé en romancier qui œuvre-ouvre.

La ***Condition*** *humaine* de Malraux. Un des plus grands romans politiques, existentiels écrits en langue française dont les questions et enjeux anticipèrent sur les romans décisifs de Camus. Je me souviens, cher André, cher A.-mon-cœur, que dans une note de l'édition de poche où je le lus de prime abord, comme le narrateur faisait une citation d'un improbable auteur Tou Fou, on nous rassurait qu'évidemment, c'était un auteur inventé par l'auteur sur la base d'un jeu de mots pittoresque, facile à comprendre pour son homophonie avec Tout fou en français… Sauf qu'en allant voir, par curiosité matinée d'audace dans un dictionnaire d'avant Internet, je rencontrai vraiment ce vieil auteur chinois.

Devisement *du monde* ! Devisons, puisque nous avons le temps, Marco, décrivez-moi vos voyages, certes vos mots sentent les collines italiennes, mais continuez en français puisque nous avons cette langue en partage. Racontez-moi par le menu la vie en Mongolie, vos longs parcours par sol et puis les maritimes, ça va de soi. Comment après avoir obtenu la confiance du grand Khan, vu les grandes cours du monde, vous vous retrouvez dans ma geôle aujourd'hui ? Quelles tribulations furent les vôtres, Polo et comment la roue qui tourna peut tourner en votre faveur à nouveau depuis Gênes jusqu'à de neuves Merveilles ?

*L'**Étrangère***. Je me suis éveillé, éveillé à la vie, lorsque vous m'avez appelé Trésor, murmuré Mon trésor, à mes oreilles de pages et le souffle de votre amour alors que je n'étais qu'un cahier d'exercices a suffi pour m'animer. Votre passion pour la langue française a tout changé pour vous, Eun-Ja Kang, comme pour moi. J'ai accompli le grand voyage avec vous de votre excellence linguistique et littéraire malgré la pauvreté dans votre village. Grâce soit rendue à cet instituteur coréen qui vous félicita et m'offrit à vos études. Le français n'est pas resté une option dans votre cœur. Vous m'avez toujours emmené avec vous malgré mon niveau en caducité, comme un doudou, comme un sésame jusqu'à Séoul, Lyon, Dijon, jusqu'à une thèse de doctorat en Littérature générale française et comparée. Chiffonné, déchiré par endroits, gribouillé…, vous m'avez placé dans un écrin de verre, je peux voir mes jeunes amis, les différents romans en français que vous avez écrits et que je chéris avec une tendresse désormais parentale !

François, par vos *Cinq méditations sur la beauté*, vous percevez…, la voix de Mona Lisa, *« que l'on n'entend pas, mais ses lèvres permettent de ressentir un certain « vouloir dire » de cette femme, qui est habitée par tout un ensemble de désirs et de rêves. »* Un Laurent de théâtre -satire et farce- nous fait entendre tout ce que nous avons rêvé qu'elle dise et nous révèle. Il y a quelques jours, des militantes de l'agir contre la faim ont souillé au Louvre ses vitres protectrices pour attirer l'attention sur leur cause. Peut-on encore imaginer, dites, les réactions de la Joconde face à ces projections, face à nos projections mentales ou esthétiques : le mystère de ce sourire n'est-il point le signe de l'éternel féminin, à remplir incessamment de mots mouvants, émouvants, de nos rêves et de nos voix qui silencent, murmurent ou appellent.

Ton jeu verbal de **Go**, cher Jacques « Rougo », membre de « l'Ouligo » : cent quatre-vingts pierres blanches, cent quatre-vingt-une pierres noires, combien de tes matins de dimanches jusqu'à tes samedis soir pour ton livre intrigo *appartenant à* la littérature, la poésie et la ludo ? En attendant, Modo d'emploi. Lego ! Et legis aussi… *La Joueuse de go* par Shan Sa, tout de go. Cordipo.

Par l'anthologie du poète Bonnefoy, j'eus accès pour la première fois à la subtilité et richesse des **Haïkus**. Je me souviens en particulier de l'élémentaire Premier jour de l'hiver / Un peu de givre / Sur la poignée. Je fus un furieux de l'écriture de haïkus journalistiques, sur-littéraires et même de haïkus de surcroît en croisant les présentations nippones verticales et occidentales horizontales. Puis je les dédiai aux moments de voyages et de vacances. C'est par toi Georges Chapouthier, que j'écrivis des haïkus – et des tankas – sur les animaux, puis sur les plantes et que j'en fis écrire à mes élèves, d'autant que les manuels désormais intègrent des pages à cette forme devenue universelle. Pour autant, pas si simple, pas si anodin, pas si dégagé d'en composer et toi, Georges, c'est par ton épouse asiatique tant aimée que, depuis des lustres, tu étais entré dans leur intelligence, leur sensibilité. Par toi, je rencontrai Dominique Chipot qui dans le domaine chemine avec un viatique animé : un ours dansant ! Et a proposé dix-sept clés pour leur écriture, dix-sept ? Précisément le nombre de syllabes du haïku canonique…

Je suis votre humble servante, **Impératrice** au Septième Siècle sous la dynastie Tang et Impératrice d'entre dix-neuvième et vingtième siècles par *La Vallée des Roses* ! Vous êtes très différentes l'une de l'autre, cependant vos qualités sont hors du commun, je n'ai le mérite que d'avoir patienté longtemps, longtemps, entre vos règnes. Vous avez subjugué les hommes jamais longtemps tendres avec vous et vous m'avez subjuguée sans que je ne murmure un seul mot : ma mission s'arrêtait au service et ne pouvait nourrir qu'une passion muette. Depuis vos disparitions, j'ai trouvé un refuge toujours muet dans un tableau de petit format peint par Balthus, une toile qui a appartenu à Monsieur Bodard et désormais à Madame Shan Sa.

Petite fourmi qui était passée au Centre Culturel André Malraux de Chevilly-Larue par la bouche d'un conteur venu de ton village Pougne-Hérisson, avais-tu lu en le dévorant le fabuleux voyage non de Monsieur Perrichon, mais de Paris à **Jérusalem** par Sieur Chateaubriand, qui fit trois continents avant de reposer sur un rocher breton secoué par les flots ? Le conteur-cigale nous apprit et nous répéta que tu t'étais enquise, petite fourmi, obstinée, vaillante, d'accomplir le long chemin jusqu'à Jérusaleeeeem…

Demande confirmation à l'auteur des *Mémoires d'outre-tombe,* quand tu le croiseras, de ce qu'il entend par « livre de poste des ruines » au sujet de son Itinéraire et s'il a rencontré, et toi aussi, « la muse pédestre » évoquée par Hugo pour tous nos voyages.

Ah vous caracolez mots de **Kessel** comme des tesselles glissant dans ma mémoire sous les sabots des cavales. Est-il possible que j'aie pu lire une telle fresque si jeune, fresque pourtant qu'on pourrait condenser en transfert d'un match de polo… *Les Cavaliers,* c'est un immense pays qui est embrassé, un récit qui décrit, fabule, mythifie la rencontre des hommes et de leurs chevaux, et les met en tension vers une peau de mouton, enjeu comme la Toison d'or, comme un graal de miséreux qui se donnent à cette aventure plus grande que la misère. Par *Fortune Carrée*, vous caracolez sur la Mer Rouge, ô Monfreid, ô Hussein, ô Gouri, vous caracolez sur l'étalon et sur les talons virils de vos ennemis. Ne dirait-on pas que cette force brute des années trente est revenue ou demeurée lors de ces années vingt entre Éthiopie-Somalie et Yémen ? Mes parents ont vu un Kessel diminué par des alcools non apollinariens, cependant vos mots caracolent encore, caracolent toujours !

Cher « Roi de Perse », je chante aussi par ***Légende** des Siècles* et des Alphabets et je suis la cigale et je suis le poète jadis Hafiz et aujourd'hui Sadi et une poétesse du pays de Victor, Marceline, se délectant des parfums des roses par brassées et, donc, roi, si je chante, c'est de joie simple et légère. Tandis que toi, crispé, tu vas, inquiet, ton palais donne sur un paradis de roses plein de bras familiaux ourdissant des drames pour prendre ta belle Place en ton bon Palace. Je t'entends dire ton étonnement face aux chants joyeux d'un berger et de son fils en harmonie. Alors tes paradis tes longues peurs les nient.

Quand tu appelles paternelle la langue française, quel sens accordes-tu à père, Akira **Mizubayashi** ? Je comprends bien que le français n'est pas ta langue maternelle, que tu n'as pas appris cette langue dès tes premiers mois. Ce père, ces pères sont-ils de l'ordre du symbolique ? La loi venant couper le lien initial pour t'affranchir de cette nature, te faire mener ta vie en liberté ? Langue paternelle devenant celle de tes « pairs » en Littérature. Et la musique, l'âme..., pratique ou utopie d'une langue hors les mots...

Le ***Nabab*** d'Irène Frain. Le petit-fils du Roi Soleil va vous entendre, faites un effort !

Par ton *Voyage en* ***Orient***, tu as chéri une religion, la druze libanaise ; qui laissait entrevoir la survie des âmes dans de nouveaux corps. Ainsi espérais-tu retrouver les grands disparus et les belles mortes qui jonchaient ton chemin. Mais attention Gérard, sur la grille de la vieille lanterne, tu te brûlerais à la croyance que ta mort voulue par toi-même ne serait pas la mort, mais un voyage en un corps nouveau où tu pourrais retrouver les belles mortes et les grands disparus. Ténèbres ou lumières, Nerval, ouvre les yeux, c'est vivant et percevant froid, vent, chaleur, que tu pourras écrire d'autres voyages, d'autres livres enchantés. Oh l'*imaginairéalité* !

Pantoun malais, la fameuse coquille de la forme poétique ayant transformé le mot en pantoum dans l'usage que tu en fis, Baudelaire puis d'autres poètes romantiques, parnassiens, symbolistes à ta suite. Charles, on critique ton emploi fautif du mot comme ton aménagement tout personnel de cette forme fixe et mouvante venue de Malaisie, mais tes vers non seulement hantent lancinamment nos mémoires, mais ont contribué puissamment à ce que cette forme se répande dans la poésie du monde.

Qumran. Je suis un rouleau d'écriture non encore désenfoui, qui pourrait remettre en question tes rouleaux d'écriture, Éliette Abécassis, qui ont remis en question d'autres rouleaux d'écriture. Pour me trouver c'est presque simple : au-dessus s'est construite une ambassade qui depuis sept jours est redevenu un champ.

Ryoko de Tokyo, tu nous délivres un sacré *Nagori,* cette nostalgie de la saison qui s'en va et qui signifie à la lettre «l'empreinte des vagues». Peut-on dire que la saison reviendra et ce dans moins d'un an ? Est-ce vraiment la même et pourrons-nous seulement la vivre ? «…je ne sais pas si je pourrai encore goûter ce légume l'année prochaine. » Faut-il être un chef de bistrot populaire dans la banlieue de Ryoko, euh de Kyoto, euh de Tokyo, pour ressentir, poser cette question à son aigu ? Ryoko Sekiguchi, tu es traductrice, poétesse, autrice et ton pont d'Europe et Asie, c'est l'assiette des saveurs nourrissant nos-mémoires-nos-vies.

Le ***Sabotage*** *amoureux* où l'on apprend que pour toi, Amélie, ayant baladé ton enfance aux abords de l'ambassade à Pékin, un vélo n'est autre qu'un cheval, que les sabots, ce sont eux qui entraînent le sabotage de l'amour enfantin, un vert paradis, vraiment ?

***Tintin** au Tibet* de Hergé, pas le Tintin du *Lotus d'Or*, ni du *Pays de l'Or Noir*, mais celui de l'amitié incroyable, Tintin obnubilé par son ami Tchang qui a disparu, qu'il veut retrouver et l'on a accès à ce que je crois me souvenir à une autre amitié encore et qui se confondait avec un retenir. Tintin, tu es fabuleux, tu es un modèle : pour retrouver un ami, tu remues ciel et terre, rivières et montagnes. Tu as raison, Tintin, rien ne vaut l'amitié… sinon l'amour. Mais pour l'amour, tu n'as pas le temps, tu cours, tu enquêtes, tu t'envoles presque, reporter sur toute la planète Terre et même au-delà, si j'en crois deux albums, où ce n'est pas seulement le professeur Tournesoleil qui est dans la Lune…

Il n'est d'**Usbek** que de Paris. Comment peut-on être semper sans père, comment peut-on être Persan, Aryo – as-tu lu seulement *Les Lettres Persanes* de Montesquieu ? Et les ballades de Villon ? - toi décrivant et pensant, le Cinéma, l'Histoire, la Nature, le Beau, le Chant où nous sommes passants, où nous sommes absents, en nous pressant, femmes et hommes de « bon bec », nous essayons d'être présents, embarrassés, embarrassants. Nous sommes les *Zambarras* de Paris, de *je* en *tu*, de *vous* en *nous*, de jeux en Jeux.

Serendib, île…, il s'agira de danser mais… comment danser en légèreté… en grâce… si vos poches sont… remplies de pièces d'or ? Je suis une Princesse venue de Babylone et je vous trouve à mon goût. Ce n'est pas moi cependant qui vous nomme

Ministre du trésor. Ne vous inquiétez pas pour moi, Zadig, je ne resterai pas longtemps *Baby alone.* Nous personnages de **Voltaire** la solitude n'est pas notre fort - ni notre for.

Wang a disparu ! Question de vie ou de mort : retrouvez-moi Wang, mon ami, mon mentor et mon assassin si vous ne faites rien. Je n'ai pas le temps de vous démêler toutes ces tribulations qui m'ont mis dans cette situation intenable, oui Jules, Monsieur Verne-Werne en a pondu une histoire haletante, *Les Tribulations d'un Chinois en Chine,* mais en attendant, expliquez à Wang que la donne a changé et le contrat aussi. Arrêtez toutes vos autres activités, retrouvez Wang, par wagon, par aile *wolante* ou par *webin'air*, mais retrouvez-le avant qu'il ne soit trop tard ! Vos conditions…, quoi, vos conditions ?

Le **Xil** est le pays - plutôt le nom que tu lui as donné -, lieu-dit où, L.-Alain, tu es parti après que le découragement t'a gagné. Parti afin que ce découragement ne te mette pas complétement au sol, un lieu pour peu à peu relever la tête et repartir dans l'action, même si ce dût être loin de l'univers des lettres qui n'avait pas voulu de toi. Maintenant que tu as refait ta vie, L.-Alain, et tu la gagnes bien, ne veux-tu pas la reprendre ici, ici qui dit ou fit l'empire des signes, parmi les tiens, accepté, bienvenu chez les tiens, reconnu par eux, leur contant ton extraordinaire réussite au Xil, ta connaissance de l'Est, au bord de la muraille de Chine, après avoir fait de ta jeune pousse numérique une société internationale du Cac 48.

Yamato *et Yamabuki.* Aki Shimazaki, je vais demander à organiser avec le *Francoph* un tour du monde en hommage à ton œuvre littéraire, aux grandes étapes de ta carrière francophone aux cycles pentalogiques remarqués, remarquables ! Côte du Japon, côtes du Canada avec Vancouver et Montréal. J'espère qu'avec ce voyage, cela va faire un contre-point apaisant au voyage en navire du père de ton personnage Tsuyoshi Toda qui, lors de son retour vers le Japon, eut le cours de sa vie bouleversé, brisé peut-être - et qu'à bord nous pourrons te convaincre de composer de sorte que les trois autres continents soient aussi l'objet d'un cycle neuf !

Une Fille ***Zhuang*** de Wei-Wei. La « farce du destin » : comment vouloir être médecin et le monde qui tangue, devenir écrivain en dansant dans la langue. Chamarrée de proverbes avec tes deux amours : le français et… Est-ce passer… par joie et par douceur… à la force du destin ?

Java de Lil ? Arthur Rimbaud, est-ce possible que les orangs-outans dans la forêt où tu avais déserté de l'armée néerlandaise t'aient appris la survie ? Or ton journal, s'il existe, n'a pas été géolocalisé… Comment ça un premier indice, la lecture inversée des trois premiers mots de ce paragraphe ?... Toi, Marguerite Duras, tu nous as donné tardivement *L'Amant*, grand livre que les Français attendaient pour te lire d'enthousiasme, t'offrir le prix Goncourt et voyager avec toi jusqu'à cette ville asiatique, jusqu'à ce temps perdu où tu avais rencontré la sensualité. Déjà au cinéma, par *Hiroshima, mon* ***Amour***, Alain Resnais t'avait propulsée sur les écrans du monde. L'Histoire, atomique, post-atomique avait rencontré un lieu, un amour attendu, avoué, éperdu, une humanité fragile par son fait. *Francoph* , au terme du voyage, tu t'arrimeras à Troudeauville… j'irai lire sur un banc normand tous les livres d'écriture trouée que tu voulais pour la Littérature, comme ces filets lancés depuis ton pont, qui, au lieu de harengs sonnés et trébuchés, remontent des trésors, de vieilles barques où s'accrochèrent des mains.

© Laurent Desvoux-D'Yrek [60]
en Île-de-France et en février 2024

---

[60] Auteur de nombreux poèmes depuis 1979, notamment de sonnets classés par lieux d'écriture ou conçus pour la scène, de centaines de chansons en quête de compositeurs et interprètes, membre de la Sacem, de préfaces, de présentations de poètes, adepte de la coécriture et de la surécriture, président de l'Association Le Verbe Poaimer, créée en 1991, concepteur d'anthologies, animateur d'ateliers de poésie et de spectacles, rédacteur en chef de la revue Jeux d'Épreuves, concepteur des concours de poésie « L'An des siècles », coordinateur du concours de poésie de « Stop à l'isolement », directeur de la collection « Chantelangue et Compagnie » chez Unicité.

Les carnets de voyage de Pom

Pom Ehrentrant

(France/Malaisie)

© Pom Ehrentrant – Nouvel An chinois

L'Asie du Sud-Est, ça se mérite.

Autrement dit, ses beautés et les émotions qu'elle suscite ne sont pas toujours visibles et sensibles au premier coup d'œil, au premier voyage.

Quand l'Afrique vous jette à la face sa lumière inégalable, ses paysages grandioses, sa nature intacte… Quand les joyaux historiques et culturels de l'Europe, mis en valeur et protégés depuis des siècles vous sautent au visage… Que les immenses Amériques alternent entre les deux… L'Asie du Sud-Est, elle, se découvre au fil du temps et des tentatives. Au-delà des lanternes évidentes du Nouvel An chinois (1) et des clichés. Par bribes, par bulle de poésie et instants de délicatesse suspendus.

Observer et apprécier les contrastes

Peu d'endroits au monde offrent des lieux et des scènes de contrastes aussi puissants que l'Asie du Sud-Est.

Entre les buildings ultra modernes et les bâtiments historiques de Singapour ou de la Malaisie.

L'infiniment haut et le tout petit. Les très riches et les très pauvres aux Philippines. Le cher et le bon marché. Le grossier et le subtil. Le touristique et le caché en Indonésie. Le propre et le sale. Le noir et blanc des murs et la couleur des innombrables fruits et légumes au Vietnam.

© Pom Ehrentrant - Fruits, Vietnam

Le naturel et le construit.

© Pom Ehrentrant - FRIM, Kuala Lumpur, Malaisie

© Pom Ehrentrant - Île de Langkawi, Malaisie

Le gastronomique et la cuisine de rue. L'ancien et le récent

© Pom Ehrentrant - Badan Warisan Kuala Lumpur, Malaisie

© Pom Ehrentrant - Kampung Baru, Kuala Lumpur, Malaisie

Le catholique, le musulman, le bouddhiste et tous les autres. L'ultra dense et le vide… L'urbain et le rural, que parfois seuls quelques kilomètres séparent.

C'est précisément dans cet entre-deux improbable et impalpable que se découvrent au fil de vos recherches, les petites perles du beau et du surprenant.

Écouter et entendre la voix de la nature

Assister au spectacle d'une nature en recul, souvent maltraitée, est particulièrement douloureux et fait naître chez beaucoup d'entre nous un terrible sentiment d'impuissance.

Mais parfois, au détour d'une île encore préservée

© Pom Ehrentrant - Île de Redang, Malaisie

ou d'un trek dans la jungle malaisienne…

© Pom Ehrentrant - La forêt tropicale

On est pris de vertige en observant le phénomène de timidité de la couronne dans les forêts de Malaisie.

© Pom Ehrentrant - Timidité de la couronne, FRIM, Malaisie

Après de terribles inondations issues des intenses moussons ou durant un gigantesque orage qui s'abat sur l'urbanité orgueilleuse de Kuala Lumpur qui, à force de gratte-ciel en acier, attire à elle le plus grand nombre d'éclairs au mètre carré du monde…

On se sent remis à sa place. Ou pris d'humilité et d'effroi, aussi, devant l'irruption soudaine et imprévue du volcan Taal des Philippines dans lequel on s'était promené quelques jours avant…

© Pom Ehrentrant

On est ému par la poésie délicate du vol d'un papillon aux couleurs sublimes,

Monarque
Graphium Sarpedon
Clytia
Trogonoptera

du contour exceptionnellement compliqué d'une fleur qu'on n'a jamais observée ailleurs…

Fleur crêpe ginger (Costus speciosus)
Rose de porcelaine (Etlingera eliator)
Héliconia (Heliconia hirsuta)
Fleur araignée (Hymenocallis littoralis)

On est fasciné par l'inimitable chant du soir des geckos multicolores du Vietnam…

© Pom Ehrentrant – Tokay Gecko

On réalise alors qu'elle est encore là, la nature, qu'elle se défend, plus que jamais. De toutes ses forces.

On plonge nos yeux dans ceux des derniers tarsiers des Philippines

© Pom Ehrentrant - Tarsier

Ou des semnopithèques de Malaisie,

© Pom Ehrentrant – Semnopithèque obscur (Trachypithecus obscurus)

On encourage les centaines de minuscules tortues

© Pom Ehrentrant - Tortue

qui, tout juste sorties de leurs coquilles, si courageuses, se dirigent instinctivement vers l'océan où pourtant une seule d'entre elles survivra.

Alors, le cœur se gonfle d'émerveillement et d'admiration.

Admirer les visages et les gens

L'Asie du Sud-Est est l'une des régions les plus densément peuplées du monde et l'adjectif intensément « grouillant » est celui qui revient le plus souvent lorsqu'on l'évoque. Parmi ces centaines de millions d'habitants, on oublie parfois de s'attarder sur l'humanité de chacun, sur ces beaux visages, ces sacrées « gueules », ces expressions fascinantes et ses yeux qui en disent si long sur la vie.

Des petits enfants des ethnies du Vietnam, tiraillés entre tradition et modernité, aux adolescents Philippins

© Pom Ehrentrant – Philippines

© Pom Ehrentrant - Vietnam

dont les regards trahissent la multitude de questionnement qu'ils semblent traverser, sans oublier les personnes âgées aux traits tirés par le temps mais dont les sourires et l'intensité de l'attention ne laissent pas indifférent…

Tous ont en réalité tant à dire et transmettre sur leur culture et le pays qui les a vu naître.

© Pom Ehrentrant - Vietnam

© Pom Ehrentrant - Vietnam

Sans tomber dans de pénibles clichés, il semble pourtant juste d'admettre que les « Asiatiques » - si cela veut dire quelques chose - sont souvent timides, prudents et certainement moins naturellement extravertis que les habitants d'autres continents de la planète, moins prompts à engager la conversation d'autant que la barrière de la langue est encore souvent très présente, pour les Occidentaux. C'est donc en prenant le temps de les observer que l'on peut parvenir à découvrir leur gentillesse, leur générosité, et comprendre leurs habitudes ou leur météo intérieure.

© Pom Ehrentrant - Vietnam

© Pom Ehrentrant - Malaisie

© Pom Ehrentrant - Vietnam

© Pom Ehrentrant - Vietnam

© Pom Ehrentrant - Vietnam

© Pom Ehrentrant - Vietnam

© Pom Ehrentrant – Vietnam

Ici, dans les relations humaines, la patience et la gratitude sont de mise.

Se sentir libre

L'une des spécificités de l'Asie du Sud-Est - des Philippines, au Vietnam, à la Thaïlande, en passant par la Malaisie ou l'Indonésie - et l'un des plus grands bonheurs qu'elle offre : *l'island hopping*.

© Pom Ehrentrant – Island Hoping

© Pom Ehrentrant – Island Hoping

le saut d'île en île, naviguant sur des petits bateaux locaux, entre le voilier et la pirogue. Le sentiment de liberté absolu. Le retour aux sources. L'éloignement, le calme, le silence, la tranquillité. La (re)connexion à la nature. Aux animaux.

© Pom Ehrentrant – Dauphins à Bohol aux Philippines

© Pom Ehrentrant -Tortue de mer à Bohol aux Philippines

© Pom Ehrentrant – Banc de poissons et requins baleines

Les plages.

© Pom Ehrentrant - Plage

© Pom Ehrentrant -Plages

Les fonds Marins

et parfois la découverte des lieux les plus insolites, comme cette église installée sur un îlot désert, à l'est de Cebu aux Philippines… Avec la messe qui a lieu tous les 23 de chaque mois à 10 heures du matin…

© Pom Ehrentrant – Église aux Philippines

Contempler des lieux d'exception

Il est difficile, pour ne pas dire parfaitement impossible, de classer ou d'opter parmi les innombrables lieux magnifiques d'Asie du Sud-Est. D'autant que rares sont ceux d'entre nous à avoir eu la chance et le privilège de tous les visiter. Pour ma part, si je devais absolument faire un choix parmi mes coups de cœur, celui-ci se porterait certainement sur ces endroits :

Au Vietnam

Les rizières de Sapa ou de Pu Luong pour leur infinité de verts, pour le travail humain inimaginable caché derrière ces sublimes terrasses et qui force le respect.

© Pom Ehrentrant -Rizières

© Pom Ehrentrant - Rizières

La baie d'Ha Long, terrestre ou maritime pour ses interminables paysages cathartiques uniques et leur ambiance mystérieuse.

© Pom Ehrentrant – Baie d'Ha Long

Hoi An, plus ancienne ville du pays, patrimoine de l'UNESCO, restée dans le jaune historique de ses murs depuis le quinzième siècle, magique de jour comme de nuit malgré les hordes de touristes venue l'admirer.

© Pom Ehrentrant - Hoian

© Pom Ehrentrant - Hoian

Au Cambodge

Siam Reap et les centaines de temples d'Angkor, merveilles historiques et religieuses, probablement le plus grand lieu culturel, et le mieux préservé, de toute l'Asie du Sud-Est.

© Pom Ehrentrant - Angkor

© Pom Ehrentrant - Angkor

Aux Philippines

Coron, joyaux du pays, là où se trouve toute la beauté du monde. La nature dans ce qu'elle a de plus sauvage. Comme dans les livres. Le paradis.

© Pom Ehrentrant - Coron

© Pom Ehrentrant - Coron

© Pom Ehrentrant - Coron

En Malaisie et à Singapour

Les tours Petronas, merveilles architecturales de la fin du vingtième siècle qui n'ont rien à envier à la tour de Pise ou à la Tour Eiffel !

© Pom Ehrentrant - Petronas

Le village fantôme de Papan, que vous ne trouverez sur aucun guide. Ancienne ville minière d'étain qui a fait la richesse du pays au dix-neuvième siècle et dont le lent délabrement sous l'effet du climat tropical et du temps laisse le visiteur profondément ému.

© Pom Ehrentrant – Papan, Malaisie

© Pom Ehrentrant – Papan, Malaisie

Le street art qui orne Penang, Ipoh, Kuala Lumpur, Malacca ou Singapour, aussi intelligent et créatif que subtil, délicat et intéressant.

En Thaïlande

Partout évidemment.

© Pom Ehrentrant – Bangkok, Thaïlande

Mais Bangkok, pour son énergie incomparable et les innombrables et sublimissimes fresques du Palais Royal.

© Pom Ehrentrant – Bangkok, Fresque

© Pom Ehrentrant - Bangkok, Fresques

Et si écrire, c'était tout simplement ne plus taire cette âme en soi ?

De l'âme (2016) - François Cheng

TABLE DES MATIÈRES

Contributions

Couverture et direction artistique
Sandra Encaoua Berrih, aquarelle de la couverture ainsi que les aquarelles des pages 7, 45, 111, 165.

Illustrations additionnelles
Avec nos chaleureux remerciements à notre Ambassadrice en Malaisie Pom Ehrentrant pour ses photos d'Asie. Pages 21, 23, 53, 65, 151, 167, 173 et de 209 à 261.

Anna Alexis Michel, p.31, 41, 119 et 183.
Nour Cadour, p. 147.
Laurent Desvoux-D'Yrek, p. 193.
Jean-Michel Guiart, p. 91 et 93.
Raghda Hamzawi, p. 135.
Carole Naggar, p.109.
Muriel Pic Photographe, p. 27 et 125.
Patricia Raccah, p. 75 et 82.
Florence Tholozan, p.55.

Déjà disponibles dans la même collection :

MARGUERITE YOURCENAR, LA PREMIÈRE IMMORTELLE – Mélanges en l'honneur de Marguerite Yourcenar. Ouvrage collectif sous la direction d'Anna Alexis Michel - 08 juin 2023. (ISBN 9798395712127)

Contributeurs : Anna Alexis Michel, Agnès Castera, Olivier Coutier-Delgosha, Laurent Desvoux-D'Yrek, Émilie Dhérin, Sandrine-Jeanne Ferron, Jean-Michel Guiard, Martine L. Jacquot, Jean Jauniaux, Florence Jouniaux, Michel Lobé Etamé, Anamaria Lupan, Meziane Mahmoudia, V.Maroah, Sandrine Mehrez Kukurudz, Carole Naggar, Billy Nzalampangi Ngituka, Rémy Poignault, Annie Préaux, Aude Prieur, Mariem Raïss, Marie-Amélie Rigal, Claire Rio Petit, Élisabeth Simon-Boïdo, Sophie Turco.

HOMMAGE AU PETIT PRINCE – Quatre-vingts talents pour les quatre-vingts ans du Petit Prince. Ouvrage collectif sous la direction de Sandrine Mehrez Kukurudz et Anna Alexis Michel – 13 juin 2023. (ISBN 9798393698140)

Contributeurs : Anna Alexis Michel, Mona Azzam, Isabelle Bary, Marie-Claire Bauceré Dehaene, Amira Benbekta Rekal, Sylvie Beroud, Emma Blue, Frann Bokertoff, Olivier Bonneton, Pascale Boulineau, Bou Bounoider, Corine Braka, Chantal Cadoret, Nour Cadour, Agnès Castera, Gérard Cavana, Valérie Chèze Masgrangeas, Max Clanet, Tangi Colombel, Marie Blanche Cordou, Olivier Coutier-Delgosha, Luxy Dark, Gaëlle Déchelette, Michael Delaporte, Laurent Desvoux-D'Yrek, Émilie Dhérin, Hélène & Alexander Drummond, Pom Ehentrant, Vincent Engel, Laure Enza, Zeina Fayad, Muriel de Foucaud, Gilles Gaillard, Cathy Galière, Cyrielle Gau, Jean-Michel Guiart, Evelyne Guzy, Christine Hainaut, Carine Hernandez, Sonia Waehla Hotere, Belinda Ibrahim, Florence Issac, Yannick Jan, Jean Jauniaux, Dominique Jezegou, Didier Kimmel, Nathalie Kohl, Tricia Lauzon, Jean-François Leger, Michel Lobé Etamé, Catherine Loup (Wolf), Meziane Mahmoudia, Valy Marval, Alice Masson, Sandrine Mehrez Kukurudz, Marie Meyel, Valérie Mirarchi, Lydia Mirdjanian, Steve Moradel, Don Moukassa, Nabil Naaman, Anne-Sophie Nédélec, Tom Noti, Françoise Péeters, Aude Prieur, Mariem Raïss, Nirina Ralaivao, Marie-Amélie Rigal, Claudia Rizet, Nathalie Sennegon-Nataf, Marynka Tabi, Éric Thériault, Gildas Thomas, Sophie Turco, Pierre-Jacques Villard.

HOMMAGE À ALBERT CAMUS – Créer, c'est vivre deux fois. Ouvrage collectif sous la direction éditoriale d'Anna Alexis Michel et la direction scientifique de Mona Azzam – 7 novembre 2023.

Contributeurs : Anna Alexis Michel, Mona Azzam, Nour Cadour, Benoît Cazabon, Valérie Chèze Masgrangeas, Luxy Dark, Olivier Coutier-Delgosha, Laurent Desvoux-D'Yrek, Émilie Dhérin, Laurence Flez-Renaudin, Vincent Engel, Muriel de Foucault, Gilles Gaillard, Cathy Galière, Jean-Michel Guiart, Évelyne Guzy, Christine Hainaut, Belinda Ibrahim, Martine L. Jacquot, Yannick Jan, Florence Jouniaux, Didier Kimmel, Marie Le Blé, Michel Lobé Etamé, Florence Lojacono, Meziane Mahmoudia, V.Maroah, Sandrine Mehrez Kukurudz, Valérie Mirarchi, Carole Naggar, Aude Prieur, Ingrid Recompsat, Marie-Amélie Rigal, Claudia Rizet, Abdelkrim Saifi, Marc de Saran, Élisabeth Simon-Boïdo, Philippe Stierlin, Michel Tessier, Sophie Turco, Jean-Michel Wavelet.

LE LIVRE DE NOS MÈRES – Dieu ne pouvait être partout, alors il a créé les mères. Ouvrage collectif sous la direction éditoriale d'Anna Alexis Michel et la direction artistique de Sandra Encaoua Berrih – janvier 2024.

Contributeurs : Anna Alexis Michel, Isabelle Antoine, Mona Azzam, Frann Bokertoff, Thael Boost, Bou Bounoider, Rachel Brunet, Agnès Castera, Nour Cadour, Chantal Cadoret, Valérie Chèze Masgrangeas, Tangi Colombel, Olivier Coutier-Delgosha, Luxy Dark, Émilie Dhérin, Laure Enza, Sandrine-Jeanne Ferron, Laurence Flez-Renaudin, Michel Fremder, Cathy Galière, Jean-Michel Guiart, Belinda Ibrahim, Martine L. Jacquot, Jean Jauniaux, Florence Jouniaux, Gérard Laffargue, Michel Lobé Etamé, Meziane Mahmoudia, V.Maroah, Odile Marteau Guernion, Sandrine Mehrez Kukurudz, Valérie Mirarchi, Carole Naggar, Bob Oré Abitbol, Patricia Raccah, Mariem Raïss, Ingrid Recompsat, Marie-Amélie Rigal, Jean K. Saintfort, Nathalie Sennegon-Nataf, Élisabeth Simon-Boïdo, Adama Sissoko, Philippe Stierlin, Michel Tessier, Sophie Turco.

ÉDITIONS
RENCONTRE DES
AUTEURS FRANCOPHONES